Recueil de Nouvelles

Symphonie

Symphonie

Manon Lilaas

© 2022 Manon Lilaas (Lilaas93)

Éditeur : BoD-Books on Demand
12-14 rond-point des Champs-Élysées, 75008 Paris
Impression : Books on Demand, Norderstedt, Allemagne

ISBN : 978-2-3223-9356-5
Dépôt légal : Mars 2022

À chacun de ceux qui m'ont encouragée, qui m'ont permis de me dépasser, et qui, à leur manière, sont aussi derrière ce livre.

À l'une des plus merveilleuses personnes que je connaisse, celle de qui l'avis est le plus important à mes yeux, ma petite sœur.

À ce groupe fabuleux qui me donne le courage d'avancer en gardant le sourire.

Avant-propos

Ces nouvelles sont à l'origine des récits postés sur la plateforme d'écriture Wattpad. Il s'agit de fanfictions, de fait il m'a fallu modifier les noms des protagonistes. En revanche, puisque je suis une personne fainéante, je les ai modifiés, mais sur l'ensemble de mes recueils. Autrement dit, il y a des noms qui reviennent dans plusieurs récits, même si ces derniers n'ont aucun lien les uns avec les autres.

Le Yejun de « Le monstre sous le lit », par exemple, n'est pas celui de « Jusqu'au bout », texte qui apparaît dans mon recueil *Sonate*. Il n'y a aucune continuité entre ces histoires.

Je m'excuse et espère quand même que cela ne sera pas une gêne lors de votre lecture, que je vous souhaite agréable.

Le monstre sous le lit

« Dors bien, mon chéri.
— Bonne nuit, maman ! »

La jeune femme, après un regard tendre en direction de son fils, éteignit la lumière et ferma la porte lentement. L'enfant se retrouva alors dans le noir le plus complet, et il détestait ça. Il tourna les yeux vers ce qu'il savait être sa lampe de chevet, que sa mère laissait généralement jusqu'à ce qu'il s'endorme. Il lui suffirait de tendre la main pour l'allumer et pouvoir s'assoupir sans crainte, mais… ça impliquait de sortir le bras de ses couvertures, et ça, il s'y refusait avec véhémence : c'était bien trop effrayant. S'il retirait ne serait-ce qu'un doigt de pied de son drap, il était convaincu qu'une chose atroce surgirait aussitôt de sous son lit pour ne faire qu'une bouchée de lui. Il devait donc rester très discret…

« Maman ! »

Très discret…

Des pas s'élevèrent dans le couloir et le garçonnet remonta la couverture de sorte qu'elle le recouvre jusqu'aux yeux. La porte s'ouvrit, laissant entrer avec la jeune femme une gerbe de lumière qui permit à Minho de retrouver le sourire.

« Qu'est-ce qu'il y a ?

— Maman, t'as pas allumé la lampe de chevet... »

Une expression à la fois amusée et attendrie put alors se lire sur son visage, et tandis qu'elle observait son petit bout de chou d'à peine six ans lutter contre sa peur du noir, elle traversa la pièce jusqu'à la veilleuse qu'elle alluma aussitôt. L'éclairage était faible, mais ça suffisait largement pour le garçonnet qui, dès lors, se sentait absolument intouchable : les monstres des ténèbres avaient horreur du soleil (enfin, il ne le savait pas vraiment, mais ça lui paraissait logique), et désormais, il avait son mini-soleil près de son lit, donc aucun monstre ne pourrait venir le manger.

« Merci.

— Dors vite. »

L'enfant acquiesça avec un immense sourire, et quand la porte fut fermée, il se détendit, le regard braqué sur sa lampe anti-monstres. Sa maman lui avait dit que tant qu'elle serait allumée, aucune bête de la nuit ne pourrait lui faire de mal.

La pénombre avait toujours été source d'angoisses pour lui : chaque fois qu'il cauchemardait, c'était la même chose. Il se trouvait dans l'obscurité et il tentait d'échapper à un être maléfique qui essayait de le dévorer. Alors, le noir, il avait fini par le craindre, même quand il ne dormait pas. C'était quelque chose d'inquiétant. Les ténèbres dissimulaient le crime, le mal était sombre, c'était bien connu. Par conséquent, l'enfant détestait qu'on l'abandonne dans le noir, c'était bien trop effrayant, pareil à un mauvais présage. Il lui semblait que quand il était dans la nuit, quelque chose pourrait lui arriver sans qu'il soit en mesure de lutter.

Il se sentait dès lors comme ligoté, prisonnier de l'obscurité, et seule sa veilleuse détenait le pouvoir de supprimer ces entraves terrifiantes. Il éprouvait la sensation que le noir comprimait ses poumons et que la lumière lui permettait de respirer enfin.

Ainsi, lorsqu'il ferma les yeux, il put constater que ses paupières étaient colorées d'un rouge orangé qui témoignait du fait que sa lampe de chevet était là, auprès de lui, et déversait sa lumière directement sur son frêle corps couvert. De fait, soulagé, il remonta le drap jusqu'à sa tempe. Il sombra lentement dans un repos rassurant et plein de beaux rêves. Malgré le sommeil, il souriait, heureux.

~~~

« Bonne nuit, mon chéri.

— Bonne nuit maman, à demain ! »

Aujourd'hui, Minho était heureux : tout s'était bien passé à l'école, son instituteur l'avait félicité devant toute la classe, si bien qu'il se sentait pousser des ailes. Il avait même osé un grand pas vers le monde des adultes : il avait demandé à sa maman de ne pas allumer sa veilleuse. Elle s'était montrée très fière de son courage et lui avait promis que s'il restait toute la nuit sans l'allumer, il recevrait une récompense le lendemain. Elle lui avait quand même donné une petite lampe de poche, au cas où il aurait du mal à s'assoupir et ne souhaite pas étendre son bras jusqu'à sa table de chevet, mais peu importait : pour une mère, l'essentiel était que son fils avance à son rythme. Le jour où Minho choisirait de dormir sans aucune lumière, ce serait sa décision à lui, pas la sienne.

Elle savait même déjà ce qu'elle lui offrirait pour le récompenser de la première nuit qu'il s'apprêtait à passer dans le noir : l'épée en plastique qu'il avait trouvée dans un magasin de jouets et qu'il espérait pour son anniversaire. Il n'aurait sept ans que dans quatre mois, ça allait être long, et la jeune femme était convaincue que son fils serait ravi d'avoir son cadeau un peu plus tôt. En plus, les épées, c'était les armes des chevaliers, et Minho, s'il dormait sans lumière, se montrerait digne du courage des chevaliers : il mériterait amplement ce présent.

Recroquevillé dans son lit, le garçonnet se répétait qu'il n'avait rien à craindre, que rien ne viendrait troubler son sommeil. Il serrait fort dans ses petites mains potelées la lampe torche que sa mère lui avait donnée en cas d'urgence, et il se rabâchait que tout allait bien se passer, que ce n'était que la pénombre. Après tout, sa chambre restait la même, lumière ou non. Rien ne bougeait, il n'y avait personne.

« T'es courageux, Mini, murmurait-il. Aussi courageux que… euh… T'es courageux, Mini. »

Et alors que le sommeil lui fermait peu à peu les paupières et enlevait de son esprit ses appréhensions, il entendit du bruit sous son lit. Aussitôt, ses yeux s'ouvrirent en grand sous l'effet de la peur, son cœur sembla cesser de battre et il se raidit complètement. Il demeura immobile, attentif au moindre son.

Le monstre allait le dévorer !

« Les monstres, ça existe pas, se répéta l'enfant, ça existe pas, ça existe pas. »

Et progressivement, une ombre se dessina au bout de son lit, grandissant peu à peu. Il allait se faire manger les pieds !

Sans penser un instant à appeler sa mère – il avait bien trop peur pour réfléchir –, Minho se redressa et pointa son arme droit sur le monstre. Il appuya sur la détente de son révolver imaginaire, et le démon se prit un jet de lumière en pleine figure. Sa lampe torche allait lui sauver la vie !

« Aïe, mes yeux ! » gémit une petite voix.

Minho ouvrit des yeux ronds comme des billes en constatant que sa créature, c'était un enfant qui venait de couvrir son regard attaqué à l'aide de son avant-bras droit. Le garçon, qui ne semblait pas avoir un grand écart d'âge avec lui, était agenouillé au bout de son lit, vêtu d'une tenue complètement blanche – un t-shirt et un pantalon – qui ressemblait à un pyjama. Ses cheveux blonds avaient la couleur des blés et sa peau pâle lui donnait un air étrangement angélique.

Mais… les monstres, c'était tout noir, tout poilu, et ça avait une immense bouche avec d'énormes dents et plein de bave, non ? Sinon, comment pouvait-il dévorer les enfants ? À moins que ce ne soit un être métamorphe !

« Va t'en ! gronda doucement Minho en faisant clignoter sa lampe pour agresser le démon.

— Arrête avec ça, j'ai la lumière dans les yeux, ça pique…

— Les monstres sont pas les bienvenus dans ma chambre !

— Un monstre ? »

Le garçonnet retira enfin son avant-bras qui lui cachait le visage et baissa les yeux, incapable de regarder la lueur qui lui était projetée à la figure après avoir passé tant de temps dans l'ombre. Minho le trouva vraiment beau, angélique, encore plus mignon que lui – et pourtant, sa maman lui disait toujours qu'il était le plus beau.

« Tu… tu es le monstre sous le lit ? demanda l'enfant d'une voix tremblante.

— J'ai l'air d'un monstre ? bredouilla le petit garçon face à lui.

— Tu as la peau très pâle.

— C'est parce qu'il n'y a pas de soleil sous ton lit.

— Et tes cheveux sont blonds.

— C'est parce que je sais que tu n'aimes pas le noir. »

Minho le regarda avec une mine étonnée. Comment savait-il ça ?

« Si t'es pas un monstre, t'es quoi ? demanda-t-il.

— Je sais pas…

— Pourquoi t'es sous mon lit ?

— Les gens de mon espèce sont dans le monde du dessous.

— Ma maman dit que c'est faux, qu'il y a rien sous les lits.

— On se montre pas, en général.

— Pourquoi ?

— Parce que ceux qui se montrent se font toujours frapper… ou alors parce qu'il y a trop de bazar sous le lit, du coup on peut juste pas apparaître.

— Alors pourquoi tu t'es montré ?

— Je sais pas non plus…

— Tu peux changer d'apparence et devenir un affreux monstre ?

— Non.

— Alors pourquoi t'as des cheveux blonds ? Ils sont pas censés être noirs ?

— La couleur des cheveux, je suis né avec, en fait, mais comme je sais que t'aimes pas le noir, je trouvais que c'était une meilleure réponse à te donner.

— Comment tu t'appelles ?

— Yejun.

— Pourquoi tu me connais ?

— J'entends tout ce que tu dis dès lors que t'es dans ta chambre, répondit le petit blond.

— Mais ma maman fait le ménage sous mon lit, pourquoi elle t'a pas vu ?

— Parce que je viens d'ailleurs, et je peux simplement me téléporter là.

— Tu te téléportes ? Comme les héros ?

— Euh… oui, un peu.

— Alors pourquoi t'étais jamais venu avant ?

— T'aurais eu trop peur. Tant que tu dormais avec la lampe, t'étais pas prêt.

— Alors tu reviendras ?

— Oui, j'imagine. Si tu le veux bien, ajouta-t-il d'un air affable.

— Tu veux devenir mon ami ? »

Yejun pencha imperceptiblement la tête de côté, la mine étonnée, mais très vite un large sourire orna ses fines lèvres rosées.

« Oui, acquiesça-t-il, j'adorerais !

— Il faudra que je le dise à ma maman ! »

Le blondinet opina joyeusement, heureux que le garçon du dessus du lit l'accepte aussi facilement. Minho était vraiment quelqu'un de très gentil, il était content de l'avoir rencontré !

« Tu vas repartir sous mon lit ? s'enquit alors Minho.

— Je sais pas… t'as envie que je m'en aille ?

— C'est comment, ton monde ?

— Très sombre. Et comme on dépend uniquement de ceux du dessus du lit, on peut pas se voir dans le monde du dessous. On entend simplement des murmures qui semblent nous envelopper, c'est notre seule façon de communiquer, sinon on est seuls.

— T'as pas de parents ?

— Non.

— Pas d'amis ?

— Non plus.

— Bah si, répliqua Minho, tu m'as moi ! »

Surpris, le petit blond resta un instant muet avant de hocher vivement la tête avec bonheur.

« Tu viens dormir dans mon lit ?

— M-Moi ? s'étonna Yejun.

— Bah oui.

— Ça te dérange pas ?

— J'aime bien aller dormir chez mes amis, alors cette nuit, c'est toi qui vas dormir chez moi. »

Son camarade, toujours agenouillé au bout du matelas, leva les yeux vers lui et lui sourit une fois de plus. Minho se laissa glisser sous ses draps et se poussa afin d'offrir un peu de place à son monstre. Ce dernier, à quatre pattes, se dépêcha de le rejoindre, et les deux garçons se firent face. Minho avait laissé la lumière de sa lampe torche allumée et il s'amusait à détailler les traits fins du visage de Yejun qui, quant à lui, observait la petite chambre autour de lui malgré la pénombre. La décoration était particulièrement chargée et il y avait des jouets partout. En revanche, aux murs, c'était des tables de multiplication, des frises chronologiques, et plein de posters éducatifs qui étaient affichés.

Un parfait mélange entre loisirs et travail. Minho semblait être un garçon heureux.

Yejun avait passé sa vie à l'écouter, à le surveiller, à apparaître sous son lit sans jamais oser se montrer de peur du rejet. Son monde était un entre-deux : il n'avait pas de véritable consistance, au contraire du monde tangible de Minho. Il s'agissait un endroit sombre, une sorte de passerelle vers la réalité, une passerelle que seuls Yejun et les autres comme lui pouvaient voir et emprunter. Par conséquent, il venait de temps en temps dans la réalité rassurante, mais pour la première fois cette nuit-là, il avait trouvé le courage de se révéler.

Sans que Minho le sache, Yejun avait appris avec lui à lire, à écrire, à compter. Il aimait bien l'entendre travailler, ça l'apaisait. Alors souvent, dans le monde du dessous, il fermait les yeux et écoutait tout ce qui advenait dans la chambre d'enfant de son nouveau camarade. Il avait toujours envié son bonheur et sa joie de vivre… et maintenant ce garçon était son ami.

Le soleil éclairait l'ombre.

~~~

« Maman, je suis devenu ami avec le monstre sous mon lit ! Il s'appelle Yejun ! »

La mère dévisagea un instant son enfant avant d'éclater de rire et de passer une main affectueuse dans ses cheveux de jais. Son Minho avait toujours eu une imagination débordante – un jour il lui avait dit qu'il avait rencontré une fée dans le jardin, il l'avait appelée Hélia, parce qu'elle était aussi belle que les rayons du soleil qui se reflétaient sur ses ailes.

« Je suis contente que tu t'entendes bien avec lui, dit-elle. Je t'offrirai ta récompense, je suis heureuse que tu aies bien dormi. »

L'enfant acquiesça vivement et finit son petit déjeuner. Ce matin, quand sa maman était venue le réveiller, Yejun avait disparu. Minho n'avait pas songé un instant que ça puisse être un rêve, ça aurait été ridicule : c'était bien trop réel pour qu'il l'ait simplement rêvé.

Puisque ce jour-là était un samedi, il remonta dans sa chambre aussitôt son bol terminé, et il esquissa un large sourire en voyant Yejun assis sur son lit défait, balançant doucement ses jambes qui pendaient dans le vide. Il bougeait son bassin de sorte à rebondir légèrement, ce qui semblait l'amuser au vu du grand sourire qui ornait son visage.

« Il est cool ton lit, il est tout moelleux ! » rigola le petit monstre en levant les yeux sur son ami.

Minho ricana à son tour et ferma la porte.

« Pourquoi t'avais disparu, ce matin ?

— Les adultes ne nous aiment pas, affirma tristement Yejun, alors je préfère ne pas me montrer devant ta maman.

— T'aurais dû me le dire avant, sourit Minho en venant s'asseoir à côté de lui. Alors… tu veux bien devenir mon secret ? »

Yejun tourna des yeux étonnés vers l'autre qui lui demandait ça avec un tel naturel. Il acquiesça silencieusement, laissant poindre son plus adorable rictus sur ses lèvres. C'était mieux comme ça, c'était mieux qu'on ne sache pas son existence. Tout ce dont il avait besoin, c'était Minho.

« On joue ensemble ? »

De nouveau Yejun acquiesça, et les deux s'assirent sur le lit pour s'amuser, laissant leur imagination leur faire croire qu'ils se trouvaient à bord d'un navire que le capitaine Minho et son bras droit le fidèle Yejun devaient ramener au port.

La porte s'ouvrit et la mère du brun entra, un verre de jus de fruits à la main, le sourire aux lèvres.

« Chéri, on t'entend rire jusqu'en bas, fais un peu moins de bruit tu veux bien ?

— Oui maman, désolé. »

La jeune femme s'en alla, et Minho contempla son matelas vide.

« Yejun ? chuchota-t-il de peur que sa mère ne puisse l'entendre.

— Oui ? »

Il se pencha au-dessus de son lit pour voir, sur le sol, la petite bouille de son ami dépasser, son visage levé vers lui. Ses yeux semblaient craintifs, mais quand Minho lui assura que sa mère était partie à l'étage du dessous et qu'il pouvait revenir jouer, ils pétillèrent de plaisir.

« T'as fait comment pour disparaître si vite ? s'enquit le brun.

— Tant que je suis sur ton lit ou en dessous, je peux me téléporter dans mon monde.

— C'est dingue…

— On joue ?

— Oui, mais avant ça, tu veux du jus d'orange ? C'est le meilleur qui existe !

— C'est ta maman qui le fait ? s'enquit Yejun.

— Non, mais c'est elle qui l'achète. Tu veux goûter ? »

Son ami opina, curieux, et Minho lui tendit le verre rempli d'un liquide de la même couleur que le fruit dont il provenait. Yejun porta le récipient à ses lèvres et en avala une gorgée timide. Il grimaça ; c'était acidulé. Pourtant, c'était aussi très doux et sucré. Il en reprit une gorgée de plus, et une encore, et il termina le verre avant même de s'en rendre compte.

Il rougit en fixant ses prunelles noisette sur Minho qui le toisait, les yeux rieurs.

« Désolé, balbutia le petit monstre, j'ai fini tout ton jus d'orange.

— Pas grave. Je vais demander à ma maman de m'en resservir, elle dit jamais non, parce que c'est plein de vitamines, c'est bon pour ma santé. »

Yejun lui sourit, rassuré, et lui rendit son gobelet sur lequel était dessinée une petite crevette qui arborait un sourire et de grands yeux mignons.

L'enfant alla réclamer un peu de jus de fruits à sa mère qui fut ravie de lui remplir de nouveau son verre. Il remonta tranquillement les marches jusqu'à sa chambre et but à son tour avant d'abandonner le gobelet sur sa table de chevet (sa maman débarrasserait).

Le jeu reprit, et toute la journée, Yejun resta sur le lit de son ami pour pouvoir s'effacer dès l'instant où il entendrait la porte s'ouvrir. Lorsque sa mère prévint son fils que le dîner était prêt, Minho put même voir la façon dont Yejun s'enfuyait : il fermait les yeux et aussitôt, une sorte de brume le capturait pour le faire immédiatement disparaître. C'était presque magique. Yejun le fascinait.

Une fois le soir venu, alors que la mère de Minho avait laissé ce dernier seul dans sa chambre obscure, une ombre rassurante fit surface sous le lit. Elle se redressa pour finalement s'agenouiller au bout de celui-ci, là où les petites jambes de Minho se terminaient.

« Coucou, lança doucement la voix de Yejun.

— Tu viens dormir avec moi ?

— Oui ! »

Avec un enthousiasme qu'il ne chercha pas à dissimuler, le garçon du dessous du lit fila aux côtés de son ami et s'emmitoufla sous les couvertures, tournant un regard amusé sur Minho. L'autre le lui rendit, la pénombre semblait plus claire une fois que ses yeux s'y étaient faits, et Yejun auprès de lui, Yejun avec ses cheveux blonds, sa peau pâle et ses vêtements inchangés toujours blancs, il avait la sensation que le garçon lui apportait un peu de lumière.

« Dis, là où t'as grandi, t'étais vraiment seul ? demanda-t-il d'une voix innocente, simplement curieux.

— Oui, affirma Yejun.

— Alors t'as jamais eu de maman pour te faire des bisous le soir ? »

Le regard noisette interrogateur qui se pencha sur lui lui fit comprendre que non. Ainsi, Minho, son éternel sourire aux lèvres, se rapprocha de lui. Il s'appuya sur ses coudes pour se redresser légèrement et embrassa la joue toute douce du petit garçon à côté de lui. Dès lors, sa pâleur fut remplacée par un rouge que, par chance, l'obscurité dissimula.

« C-C'est ça un bisou ? lui demanda-t-il timidement.

— Oui, t'aimes bien ?

— Oui, c'est… c'est chouette.

— Ma maman m'en fait un tous les soirs ! Tu voudrais que moi aussi je t'en fasse un tous les soirs ?

— Oh oui !

— Tiens attends alors, je vais rattraper celui que je t'ai pas fait hier. »

Tout content, Yejun plissa adorablement son nez sur lequel Minho posa malicieusement ses lèvres tandis qu'il avait pris son visage en coupe. Le petit monstre aimait beaucoup les bisous du soir, surtout que son ami avait des lèvres faites pour ça, ça chatouillait même un peu !

Yejun laissa un rire s'échapper de ses lèvres et se blottit plus confortablement encore dans les couvertures. C'était chaud, il était entouré de bien-être, contrairement au monde du dessous qui n'était que ténèbres et froideur. Jamais il n'avait passé un aussi bon moment qu'avec l'enfant du dessus, il ne voulait plus passer une seule nuit ailleurs que dans le lit de son unique ami, c'était décidé ! Tout ici se révélait bien trop merveilleux pour qu'il puisse se résoudre à partir !

« Je n'ai plus envie de m'en aller, maintenant, murmura-t-il donc.

— Et moi, je veux que tu restes avec moi, Yejun. T'es mon monstre, mon secret, mon ami. »

Le blondinet rouvrit les yeux et fixa avec amusement le garçon face à lui. Minho s'avança et l'embrassa une fois de plus sur la joue, sous le regard étonné de Yejun qui fronça les sourcils. Il lui avait déjà dit bonne nuit pourtant, non ?

« Quand ma maman me fait des bisous, parfois, c'est aussi juste pour me dire qu'elle m'aime bien, expliqua-t-il.

— Alors tu m'aimes bien ?

— Oh oui je t'aime beaucoup ! affirma l'enfant. Et toi Yejun, tu m'aimes bien ?

— Oui ! »

Et pour le prouver, le garçonnet s'avança à son tour pour planter un bisou sur la joue de son ami, parce qu'il l'aimait vraiment beaucoup. C'était drôle de poser ses lèvres ici, il trouvait ça tout doux et tout chaud. C'était chouette, l'affection, il aimait beaucoup ça ! Il ne s'écarta qu'au bout d'une petite seconde, souhaitant profiter un peu de cette sensation nouvelle. Minho rigola et se coucha, imité par Yejun qui ferma les yeux pour se laisser bercer par tous les sentiments heureux qu'il découvrait jour après jour et qui illuminaient son cœur jusque-là prisonnier de la tourbe nocturne de l'inquiétant monde du dessous.

Les jours passaient et Minho et Yejun se rapprochaient de plus en plus. Les deux enfants apprenaient l'un de l'autre : Yejun apprenait l'amour, le bonheur et la malice, tandis que Minho apprenait le calme, la patience et la réflexion. Son monstre en effet était un enfant doué d'une étonnante intelligence dont lui-même ignorait la provenance. Au moins, ça permettait à Minho d'avoir quelqu'un avec qui faire ses devoirs : ses parents s'avéraient peu présents, ils travaillaient beaucoup dans l'espoir de rendre leur fils heureux. De ce fait, il ne leur restait que peu de temps à lui consacrer. Minho avait toujours trouvé ça triste parce qu'il ne pouvait pas souvent aller chez ses amis, mais depuis qu'il y avait Yejun, il ne se sentait plus jamais seul. Chaque fois qu'il le pouvait, il appelait son ami qui apparaissait aussitôt.

Pour dire vrai, Yejun passait beaucoup de temps en journée dans la chambre du dessus : il y apparaissait et profitait de la maison vide pour lire les livres de son ami ou bien pour jouer un peu tout seul (mais ce n'était jamais drôle de jouer sans Minho).

Leur complicité crevait les yeux : chaque soir, ils dormaient ensemble, ils étudiaient ensemble (car Yejun voulait savoir tout faire comme son ami) et jouaient beaucoup aussi. Le lit était devenu leur terrain de jeu préféré, mais ils faisaient toujours le moins de bruit possible de peur que la mère de Minho, présente tous les dimanches à la maison, ne les entende.

Depuis plusieurs semaines déjà, Yejun était le secret de Minho, et ça lui convenait parfaitement : il n'avait toujours connu que lui, car même quand ses amis venaient à la maison pendant les vacances, il ne regardait que Minho. Il ne s'agissait pas de fascination – d'autant plus qu'un enfant ne savait pas ce qu'était réellement la fascination –, mais simplement un attachement qu'il ne pouvait pas contrôler. Minho était le garçon du dessus du lit, c'était ce qui les reliait. Un lit. Et ce lien s'avérait si puissant que ni l'un ni l'autre n'était en mesure de le comprendre.

Qu'ils le veuillent ou non, ils éprouvaient la sensation d'appartenir l'un à l'autre. Yejun était la propriété exclusive de Minho, et Minho celle de Yejun. Oh bien sûr, ils n'étaient que des enfants, c'était un fond d'égoïsme qui parlait, mais pas seulement. Yejun ne connaissait que Minho, et plus le temps avançait, plus le fait d'avoir son petit monstre à ses côtés enchantait l'autre. Il aurait toujours un ami avec lequel jouer, c'était génial !

Un soir, Minho rentra en trombe. Il venait de passer une nouvelle fois une excellente journée à l'école ! Il était ravi, et son papa (revenu plus tôt du travail) lui concocta un délicieux goûter qu'il demanda à aller manger dans sa chambre. Comme son fils s'était révélé très gourmand, il préparait de plus en plus à manger, et Minho devenait si indépendant qu'il prenait parfois ses repas dans sa chambre. Ses parents en étaient émus, ils voyaient bien que leur fils mûrissait et qu'il prenait également beaucoup d'avance sur ses camarades : Minho aimait les devoirs, c'était très bon signe. Le petit garçon travaillait beaucoup, mais uniquement parce qu'en vérité, une fois sa journée de cours finie, il devait aller enseigner à Yejun tout ce qu'il venait d'apprendre. Ça l'obligeait à étudier deux fois plus. Il adorait ça, car Yejun était un élève très intéressé et attentif, mais aussi très doué.

Minho grimpa rapidement les marches, veillant à ne pas faire tomber le plateau donné par son père, et entra dans sa chambre dont il ferma la porte d'un agile coup de pied. Il posa le goûter sur son bureau et appela son ami.

« Je suis déjà là. »

Le brun sourit et se mit à quatre pattes pour regarder sous son lit. Yejun se trouvait là, allongé sur le dos, les yeux clos, le visage serein. Il avait placé les mains derrière la tête et paraissait se plaire beaucoup ainsi.

« Tu sais, tu pouvais aller sur mon lit, rigola l'autre enfant.

— Oui je sais, mais je suis bien ici aussi.

— Maman a lavé aujourd'hui ?

— Non, elle a dû partir tôt.

— Alors ça doit pas être très propre.

— Quand on vient de la nuit tourbeuse, tout semble propre, c'est pas trois grains de poussière qui vont me déranger, répliqua le blondinet en sortant sa bouille de sa cachette.

— Comment s'est passée ta journée ? s'enquit alors Minho.

— Tranquillement, je suis resté dans ta chambre et j'ai un peu travaillé. »

Yejun, du fait de sa nature, n'avait besoin ni de manger ni de boire pour vivre, d'où sa maigreur étonnante. Ce n'était que des plaisirs qu'il pouvait s'accorder, mais ce n'était pas nécessaire pour lui. Minho pourtant adorait lui faire goûter à ses plats préférés, et d'ailleurs Yejun ne rechignait jamais à en avaler quelques bouchées.

« Mon papa a préparé du jus d'orange avec deux paquets de peperos, indiqua Minho. T'en veux ?

— Oui bien sûr ! » se réjouit Yejun en prenant place sur le lit.

Ainsi, les deux enfants partagèrent le petit repas en discutant joyeusement. Minho récapitula ce qu'il avait étudié aujourd'hui, prévoyant déjà de donner à son ami les exercices que le professeur leur avait donnés et dont il avait la correction (pour s'assurer de ne pas dire de bêtises).

« Hyung[1]… »

Yejun en effet lui avait appris au détour d'une conversation qu'il était un peu plus âgé que lui, car tous les gens du dessous étaient un peu plus âgés que

---

[1] *Terme coréen qui désigne, pour un garçon, un garçon plus âgé duquel il est proche (frère, ami, etc).*

ceux à qui ils étaient liés, pour veiller sur eux correctement.

« Oui ? demanda Yejun en croquant dans son biscuit.

— Aujourd'hui, un de mes amis de l'école a dit qu'il était amoureux d'une fille de la classe.

— Amoureux ? s'étonna Yejun. C'est quoi ?

— C'est quand tu aimes énormément quelqu'un, il a dit, encore plus qu'un ami.

— Alors on est amoureux ?

— Non, non, il a dit que c'était juste entre les garçons et les filles, comme les papas et les mamans.

— Oh…

— Mais tu sais, il a aussi dit que quand on est amoureux, on est prêt à tout pour la personne qu'on aime : partager son goûter, ou lui prêter tous ses doudous pour la faire sourire quand elle est triste. Et moi je partage mon goûter avec toi !

— Mais moi j'ai pas de doudou à te prêter, bredouilla Yejun. Alors ça veut dire que je peux pas être amoureux de toi ? »

Minho posa son index sur ses lèvres en plissant les yeux, signe d'une intense réflexion, puis son large sourire prouva qu'il avait une solution à ce problème. Il fila à son armoire et en sortit un ourson en peluche blanc qu'il revint donner à Yejun.

« Considère que maintenant, ce doudou est à toi ! Tu pourras l'amener dans ton monde, je te l'offre ! »

Yejun ouvrit de grands yeux émerveillés : la peluche était presque aussi douce que la joue de son ami sur laquelle il posait ses lèvres chaque soir.

« Alors quand tu seras triste, je pourrai te le prêter ? s'enthousiasma le petit blond.

— Oui !

— Alors on est amoureux ?

— On remplit les conditions non ? rigola Minho.

— Oh chouette, c'est trop bien d'être amoureux !

— Mais j'oubliais : mon ami a aussi dit que l'amour, ça faisait des chatouilles dans le ventre et que ça rendait le cœur tout chaud… tu ressens ça ?

— Oui ! acquiesça Yejun avec sincérité. Et toi ?

— Moi aussi !

— Je suis content, je suis ton amoureux ! »

Yejun serrait dans ses bras sa peluche et ne pouvait pas s'empêcher de sourire. Il était tellement heureux ! Ça voulait dire qu'il comptait beaucoup pour Minho s'il devenait son amoureux, non ? Ce dernier justement rigola avant d'affirmer que lui aussi il était très content d'avoir un amoureux, en plus ils pouvaient passer tout leur temps ensemble, et ça, c'était aussi une des conditions évoquées par son ami pour être amoureux – parce que Minho avait tenté de mémoriser toute la liste que Kyunghoon lui avait dictée oralement point par point à la récréation. Il lui semblait bien que Yejun et lui remplissaient tous les critères, même s'ils étaient deux garçons. Ça importait finalement assez peu : l'important, c'était qu'ils s'aimaient.

« Et maintenant qu'on est amoureux, on fait quoi ? demanda Yejun.

— Euh… je sais pas, il m'a pas dit. Je lui demanderai demain !

— Chouette !

— Tu viens, on va étudier. »

Yejun acquiesça et observa Minho s'installer à son bureau. Les deux travaillèrent comme à l'accoutumée, et Yejun était toujours aussi heureux de développer ses compétences avec son nouvel amoureux.

Minho se poussa un peu de sorte qu'ils puissent tenir sur une même chaise, et ils se mirent à étudier tranquillement.

Quand arriva le soir, comme à leur habitude lorsque la mère de Minho éteignit la lumière, Yejun réapparut et se glissa aux côtés de son ami. Minho l'embrassa sur la joue, puis le blondinet l'imita, et ils se souhaitèrent bonne nuit avant de s'endormir.

~~~

« Hyung, aujourd'hui j'ai parlé à Kyunghoon. »

Yejun, des peperos dans la bouche, hocha la tête pour l'inviter à continuer et expliquer ce qu'il souhaitait lui apprendre. Minho en effet était rentré de l'école pensif. Il avait posé sa question à son ami, mais était un peu surpris de la réponse. Il avait besoin d'en parler avec son amoureux. Il avait pris son goûter (que ses parents lui avaient laissé sur la table de cuisine avant de partir au travail) et avait filé le partager avec Yejun. Ce dernier justement le regardait, un sourcil levé, curieux.

« Alors ? finit-il par demander. Il a dit que les amoureux, ils faisaient quoi ?

— Il a dit que quand un garçon est amoureux d'une fille, il lui fait des bisous.

— Mais nous on se fait plein de bisous pourtant...

— Oui, mais un garçon, il embrasse une fille sur la bouche. »

Les lèvres de Yejun formèrent, comme ses yeux, un « o » parfait sous le coup de la surprise.

« Pourquoi ? C'est pas sale ? l'interrogea-t-il avec une grimace de dégoût.

— C'est ce que je lui ai dit, affirma Minho. Mais il a dit que c'était comme ça, que les amoureux faisaient ça, comme les papas et les mamans. Il faut s'embrasser pour être amoureux.

— Tu veux qu'on essaie ?

— Je sais pas. Tu veux, toi ? »

Et plutôt que de répondre, le petit garçon aux cheveux blonds prit avec délicatesse le visage de son ami entre ses paumes et s'avança vers lui. Il ne quittait pas ses yeux bruns du regard, plantant ses prunelles noisette dans les siennes. Finalement, anxieux de ce qu'il allait faire, Yejun ferma les paupières, juste après quoi il sentit le doux contact des lèvres de Minho contre les siennes. C'était... bizarre. Humide, tout mou, mais pas foncièrement sale. Il aimait bien, c'était agréable en fait. Minho à son tour avait fermé les yeux pour se concentrer sur les sensations étranges que lui renvoyait la bouche de Yejun sur la sienne. Il avait l'impression de… bon en vérité, il ignorait à quoi il pourrait comparer ça, mais il ne détestait pas.

Le baiser fut très rapide et produisit un bruit tendre lorsqu'ils s'écartèrent. Ils échangèrent un regard interrogateur, curieux de ce que l'autre pouvait bien en avoir pensé.

« Alors ? s'enquit Yejun le premier.

— J'ai bien aimé, sourit Minho. Et toi ?

— Oui, moi aussi !

— Alors on est vraiment des amoureux !

— Oui, trop cool ! »

Et le soir même, pour se souhaiter une bonne nuit, les deux garçons se donnèrent un petit bisou affectueux et parfaitement innocent, avant de s'endormir avec bonheur l'un à côté de l'autre. Minho aimait beaucoup le monstre du dessous du lit !

Le lendemain, quand sa mère vint le réveiller, l'enfant vit que, comme toujours, Yejun avait disparu. Il descendit prendre son petit déjeuner et, n'y tenant plus, il annonça la nouvelle à ses parents :

« Maman, papa, j'ai un amoureux ! »

Les deux adultes échangèrent un regard, se retenant de rire, et le félicitèrent.

« Et comment il s'appelle, ton amoureux, mon chéri ? demanda sa maman.

— C'est Yejun !

— Oh, le monstre sous ton lit ?

— Oui !

— Je suis contente dans ce cas que tu t'entendes bien avec Yejun. Tu n'as plus peur du noir depuis que tu l'as rencontré et tes résultats s'améliorent. »

Le père acquiesça à son tour : il était gêné que son enfant ait un ami – et même un amoureux – imaginaire, mais l'important demeurait qu'il continue de travailler avec ardeur. De plus, les amis imaginaires, ce n'était pas surprenant à son âge, il se ferait une raison en grandissant. Il devait simplement se sentir un peu trop seul à la maison…

Les jours se succédèrent jusqu'à Noël. Minho devait passer les fêtes chez de la famille, si bien qu'il était peiné car Yejun n'apparaîtrait plus sous son lit. Or, parce qu'il en allait de même chaque année, il se doutait que son aîné ne serait pas étonné de son départ. Il n'osait pas lui dire qu'il allait le quitter une semaine, sinon Yejun ne voudrait plus être son amoureux et ça, ça aurait rendu Minho tout triste.

Il avait prévu de quoi se faire pardonner : il avait demandé au père Noël plein de jouets, mais aussi une peluche qu'il comptait offrir ensuite à Yejun. Son petit monstre en effet adorait le nounours que Minho lui avait donné, et parfois quand son cadet avait eu une mauvaise note, son amoureux lui prêtait le doudou pour le consoler, puis il lui faisait un bisou.

Ils aimaient de plus en plus ça, les bisous, c'était drôle.

Pourtant, le soir où il arriva dans la maison de sa grand-mère, une fois qu'il fut seul dans son lit, il se mit à pleurnicher en serrant entre ses bras son propre doudou, déçu de ne pas être avec Yejun. Et si son aîné venait le voir pour dormir avec lui, que dirait-il en découvrant la chambre vide ? Il aurait dû le prévenir, mais il n'en avait pas eu le courage. Et puis, il reviendrait vite, non ?

Ah mais quel idiot ! Yejun lui avait souvent répété qu'il s'était senti seul toute sa vie ; Minho se trouva méchant de l'avoir laissé seul à Noël, il aurait au moins dû lui en parler.

« Mini pourquoi tu pleures ? »

L'enfant sursauta si brutalement qu'il lâcha son doudou. Son amoureux le fixa avec une mine étonnée, puis il ramassa la peluche et la lui tendit, son plus adorable sourire sur le visage dans l'espoir de le réconforter.

« Si tu veux je vais chercher mon doudou, comme ça je pourrai te le prêter et tu en auras deux !

— H-Hyung, qu'est-ce que tu fais là ?

— Bah… je squattais sous le lit, indiqua Yejun en pointant le sol. D'ailleurs, ta mamie est une fée du logis, y a jamais un grain de poussière chez elle !

— C-Comment tu sais où on est ?

— Arrête de pleurer… »

Il ouvrit ses bras et Minho, sans réfléchir, s'y précipita avant de poser avec tendresse ses lèvres sur les siennes, produisant un petit « smack » adorable. Les deux enfants s'assirent l'un à côté de l'autre et le cadet réitéra sa question.

« Bah parce que j'ai bien vu que chaque année tu changeais de chambre fin décembre, et la personne qui venait te réveiller, tu l'appelais « mamie ».

— Alors t'es pas seulement sous le lit de ma chambre à moi ?

— Comment ça ? s'étonna le monstre sans comprendre.

— Tu peux aussi apparaître sous ce lit-là ?

— Tant que t'y dors et qu'il y a pas de bazar en dessous qui m'en empêche, oui, je peux venir. Ton lit, c'est ton lit, t'es pas obligé de garder le même à vie. »

Minho lui servit son plus beau sourire et se jeta dans ses bras une fois de plus, ravi. Et comme à l'accoutumée, le dîner terminé, le petit garçon remonta dans sa chambre, trouvant Yejun occupé à somnoler sous son lit – il aimait bien s'allonger par terre, ça lui arrivait souvent. Alors ils jouèrent, et Minho raconta à son amoureux ce qu'il venait fêter chaque année dans cette grande demeure. Yejun avait de plus en plus d'étoiles dans les yeux à mesure que l'histoire de son ami se déroulait, et lorsqu'elle fut achevée, il s'exclama :

« Moi aussi je veux fêter Noël !

— On pourra le fêter ensemble, si tu veux !

— Oh c'est vrai ?

— Oui, j'ai demandé un cadeau pour toi au père Noël, comme ça toi aussi tu seras gâté !

— Vraiment ? Oh merci, c'est super gentil ! »

Et comme promis, quand Minho reçut ses paquets, il s'empressa de sauter sur l'occasion de pouvoir s'échapper du cercle familial et remonter dans sa chambre. Il trouva Yejun surexcité, ses jambes se balançant nerveusement dans le vide tandis qu'il était assis sur le lit. Il leva des yeux brillants d'espoir sur Minho qui sortit alors de derrière son dos un cadeau qu'il n'avait pas ouvert et avait réussi à dissimuler. La forme laissait peu de doutes quant à ce qui s'y cachait, si bien qu'il avait rapidement deviné que c'était celui qu'il avait commandé pour son amoureux.

Il le donna à Yejun qui le remercia avant d'arracher le papier et de défaire les rubans. Son regard s'illumina et son sourire s'agrandit aussitôt :

« Ouah, comme il est beau ! Merci d'avoir demandé ça, Min-ah[2] ! »

Il examina le petit chien en peluche sous toutes les coutures, que sa fourrure était douce ! Il était tout simplement adorable !

« Merci, merci, merci !

— Je suis heureux qu'il te plaise, j'ai demandé au père Noël le plus beau du magasin de jouets ! »

Yejun était ravi : maintenant, il avait deux doudous qu'il pourrait prêter à son amoureux quand ce dernier serait triste, comme ça il lui offrirait deux fois plus d'amour !

---

[2] *Suffixe coréen affectueux.*

~~~

La vie suivait son cours : Minho amenait parfois d'autres garçons chez lui. Dans ces cas-là, Yejun restait dans son monde d'ombre avec, pour le rassurer, ses deux amis en peluche. Puis quand son amoureux était de nouveau seul, il sortait de sous le lit et ils jouaient ensemble. Minho passait désormais toutes ses nuits chez lui, il n'allait plus dormir chez ses camarades, craignant que Yejun ne se sente seul.

Le petit monstre était son plus précieux secret, il ne l'avait dit à personne de peur que les gens se montrent méchants avec Yejun, car Yejun avait beau être le monstre du dessous du lit, il était un enfant très gentil, et surtout il était l'amoureux de Minho. Ce dernier refusait qu'on lui vole son amoureux, alors il restait son secret.

Le temps passant, leur relation n'avait pas changé, elle demeurait toujours aussi innocente. Néanmoins, âgé d'une dizaine d'années, Minho avait appris par un de ses amis ce qu'était le vrai amour : aimer une fille, c'était l'embrasser avec la langue, et surtout, ça voulait dire avoir le cœur qui cognait dans la poitrine et devenir idiot quand elle était là. C'était Seuljae qui lui avait dit ça, le grand frère de Kyunghoon. Il devait avoir raison. En plus, Minho avait commencé à regarder la télévision, chose qu'il faisait peu étant enfant, et il avait découvert les romances à travers les Disney que ses parents lui autorisaient. D'ailleurs, dans les Disney, les garçons n'embrassaient que des filles…

Yejun et lui en avaient parlé un jour avant de conclure qu'ils étaient simplement de bons amis mais qu'ils n'étaient pas amoureux. Ils étaient complètement d'accord sur le sujet, de sorte que rien n'avait changé entre eux – excepté le fait qu'ils avaient cessé d'échanger de réguliers petits bisous. Et étrangement, ça leur manqua. Ils aimaient bien ce genre de marques d'affection : arrêter du jour au lendemain, ça ne leur plaisait pas.

Mais ils n'étaient plus amoureux, si bien qu'ils se contentaient à présent du bisou du soir sur la joue. Peu à peu, ils s'habituèrent à cette amitié retrouvée.

Minho avait treize ans quand il apprit ce qu'était l'homosexualité, et surtout quand il apprit que c'était très mal. Lui pourtant, tout ce qu'il avait retenu, c'était que ça existait : un garçon pouvait parfaitement tomber amoureux d'un autre garçon. En vérité, il ne voyait pas ce qu'il pouvait y avoir de si terrible dans le fait de tomber amoureux d'un garçon et non d'une fille. Il avait demandé à ses camarades, et il trouvait que les réponses qu'il avait reçues n'étaient pas très logiques…

Toute la journée, Minho avait pensé à Yejun, son ancien amoureux : c'était une histoire de gamins, ça n'avait rien eu de sérieux, mais est-ce que ça faisait de lui un homosexuel ? Qu'y avait-il eu de mal dans leur relation ? Et puis Minho n'était plus aussi insouciant que durant son enfance : il avait appris par ses amis et en cours de science ce qu'un garçon et une fille devaient faire pour avoir des enfants (était-ce d'ailleurs parce que deux garçons ne pouvaient pas avoir d'enfants que les gens méprisaient les homosexuels ?). En revanche, il ignorait comment « faire l'amour » avec un garçon. Puisqu'ils avaient deux sexes identiques, ça voulait dire qu'ils ne pouvaient pas ?

Il était allé demander à Kyunghoon qui lui avait donné l'adresse d'un site pour « découvrir ce genre de choses ». Ce fut ainsi qu'il rentra chez lui tout guilleret, prêt à s'instruire au sujet de l'amour.

« Je suis là, hyung !

— Salut, Mini. »

Ledit Mini posa son sac sur le sol de sa chambre et en sortit un papier.

« C'est quoi ? l'interrogea Yejun qui, puisqu'il se trouvait sous le lit, l'avait vu faire.

— Tu te souviens de mon cours de SVT sur la reproduction ?

— Berk, m'en parle pas…

— Eh bien là, j'ai l'adresse d'un site de cours sur la façon dont deux hommes peuvent faire l'amour.

— S'il y a le même genre de schémas que dans ton manuel, je repars dans mon monde, grimaça le jeune garçon qui ne se sentait pas prêt à refaire face à ces dessins.

— Kyunghoon m'a dit que ça serait mieux expliqué que dans le manuel, et que les illustrations sont mieux foutues, indiqua Minho qui allumait son ordinateur.

— Ah bon ?

— Ouais. Tu viens ? »

Encore allongé, Yejun haussa les épaules et sortit finalement de sa cachette. Minho recula sa chaise de bureau et, naturellement, Yejun prit place sur ses genoux : le cadet avait souvent demandé une seconde chaise à ses parents, mais parce que ces derniers n'avaient jamais vu l'utilité d'en acheter une de plus, ils la lui avaient toujours refusée. Ainsi, puisqu'ils étaient devenus trop grands pour la partager, ils avaient adopté cette habitude de s'asseoir de cette manière. Yejun était le plus petit et le plus menu, si bien que Minho avait décidé qu'il s'installerait dorénavant sur ses genoux.

Le garçon entra l'adresse du site. Kyunghoon lui avait conseillé de passer en navigation privée, mais d'une part Minho ignorait comment s'y prendre, et d'autre part ses parents ne surveillaient rien de sa vie tant que ses notes continuaient d'être excellentes, alors ils n'iraient sûrement pas s'ennuyer à aller fouiller son ordinateur. D'autant plus que c'était un travail de recherche qu'il accomplissait là.

Par conséquent, quand il vit la page qu'il avait chargée, sa mâchoire s'en décrocha, et celle de Yejun l'imita. Immédiatement ils fermèrent l'onglet, un silence de mort s'abattit dans la pièce. Minho avait déjà entendu parler de ces sites où les gens affichaient sans pudeur leur sexualité. Dans les faits, il s'en moquait, chacun faisait bien ce qu'il voulait de ses fesses, mais que Kyunghoon l'oriente sur ce genre de vidéos… Quant à Yejun, il était tout simplement choqué : c'était la première fois qu'il regardait quelqu'un nu. Lui, il ne changeait jamais de vêtements car il avait été créé ainsi, il ne se salissait pas, et Minho se changeait dans la salle de bains : même son torse lui était inconnu. De fait, ces images d'adultes dénudés, bien qu'il les ait à peine entrevues, l'avaient fortement troublé.

« Rappelle-moi de ne plus jamais suivre un conseil de Kyunghoon, s'il te plaît, bredouilla Minho.

— J'en prends bonne note.

— J'aurais dû m'en douter, ce pervers est toujours là pour nous parler de ce genre de trucs, souffla-t-il. À ce qui paraît, la semaine dernière, il a expliqué à un gamin qui a un an de moins que nous comment on se branle.

— C'est quoi, se branler ? »

Ah, en effet, les manuels de SVT n'enseignaient pas ça. Minho l'avait appris de ses camarades (merci Kyunghoon…) mais ne lui avait jamais répété. D'ailleurs, il n'avait jamais essayé non plus, il ne saurait pas expliquer autrement qu'avec les mots de son ami.

« C'est quand tu stimules toi-même ton sexe jusqu'à l'éjaculation, résuma-t-il donc.

— On n'a pas besoin d'une fille pour éjaculer ? s'étonna Yejun. Dans ton manuel…

— Mon manuel, il parle seulement de la reproduction, indiqua Minho, et la masturbation, ça sert pas à se reproduire, seulement à se faire du bien. »

Le monstre lâcha un « oh » comme s'il comprenait peu à peu ce que ça signifiait.

« T'as déjà testé ? demanda-t-il à son ami.

— Non, répondit Minho, mais Kyunghoon dit que ça fait vraiment du bien.

— Alors pourquoi t'as pas tenté ?

— Bah parce que pour faire ça il faut penser à une fille qui nous plaît vraiment beaucoup physiquement et avec qui on voudrait faire l'amour. Mais moi j'ai envie de faire l'amour avec personne, et de toute façon, je suis jamais seul dans ma chambre.

— Tu le dis si je dérange, rigola Yejun en retournant s'asseoir sur son lit.

— De toute façon, ça me gêne trop d'imaginer me toucher… là.

— Comment il connaît tout ça, Kyunghoon ?

— Je crois que c'est Seuljae qui lui en parle, il a deux ans de plus que lui… »

Yejun acquiesça en silence et fit signe à Minho de venir s'installer, attrapant une des manettes de leur console de jeu favorite.

« On peut bien faire une petite partie avant de se mettre à travailler, hein ? »

Minho lui sourit, signe d'approbation, et le rejoignit après avoir éteint son ordinateur.

Au fil des mois puis des années, Minho et Yejun avaient appris ce qu'ils ignoraient de l'amour charnel et physique. Par ailleurs, au lycée, le cadet s'était vite attiré les regards des autres : sa bonne humeur, son intelligence et sa gentillesse faisaient de lui un camarade précieux. Il s'était ainsi fait de nombreux amis dont il parlait à l'occasion avec Yejun. Eux s'amusaient de moins en moins ensemble : entre son diplôme que Minho voulait obtenir avec la meilleure mention possible et les quelques moments dont il profitait avec ses amis, il avait fini par ne plus pouvoir accorder ne serait-ce qu'une dizaine de minutes par jour à son monstre.

Ce dernier par chance se montrait compréhensif, il voyait à quel point Minho pouvait parfois se sentir mal à cause de cette pression qu'il se mettait au sujet de ses examens : plutôt que de lui réclamer du temps pour jouer ou discuter, il l'aidait dans ses révisions. De fait, ils passaient encore tout leur temps ensemble et, chaque soir, Minho continuait d'inviter Yejun à dormir dans son lit, conscient que ce dernier n'avait sinon nulle part où se reposer. Et puis ils faisaient ça depuis maintenant dix ans, ni l'un ni l'autre n'était gêné.

Au contraire, ils aimaient bien.

~~~

« Hyung j'y comprends rien, putain ! geignit Minho dépité.

— Eh Mini, te décourage pas, sourit tendrement Yejun, moi je crois en toi. Recommence. »

Le brun se mit à réfléchir de nouveau, concentré sur l'exercice d'anglais sous ses yeux. Son aîné, assis sur le lit, révisait les mathématiques, désireux de montrer à son ami qu'il le soutenait et qu'il endurait les mêmes choses que lui. Néanmoins, Minho se sentait loin d'être soutenu : Yejun excellait en tout. À peine lisait-il quelque chose qu'il l'avait déjà retenu, il était encore plus impressionnant que Kyunghoon, et ça, ça rendait Minho complètement dingue. Lui, il galérait sur un exercice d'anglais digne d'un gosse de douze ans, et pendant ce temps-là, Yejun étudiait un bouquin de mathématique que son cadet lui avait ramené de la bibliothèque universitaire où il était allé travailler avec des camarades.

C'était un livre de mathématiques spécialisés de troisième année d'université !

Minho était frustré, atrocement frustré.

« Comment tu peux être si doué et moi si nul ! gémit-il une fois de plus sans réussir à se concentrer sur ses devoirs.

— Min-ah, je t'ai déjà dit que les gens comme moi avaient des facultés. C'est comme ça. Et puis de toute façon j'étudie pour le plaisir.

— C'est encore plus rageant. Tu pourrais tellement changer les choses à toi seul, hyung : je suis sûr que si t'étudiais la médecine, tu pourrais trouver des remèdes à des maladies incurables !

— Faut pas pousser non plus, et la médecine ça m'intéresse vraiment pas.

— Tu gâches ton esprit à rester dans cette chambre, soupira Minho. Je voudrais trop que tout le monde reconnaisse à quel point t'es génial. »

Yejun, jusque-là allongé sur le ventre, le buste relevé parce qu'il avait pris appui sur le matelas à l'aide de ses coudes, dirigea le regard vers son ami. Parfois Minho lui disait à quel point il admirait son intelligence qui se développait de plus en plus vite au fur et à mesure du temps qui passait, mais jamais il ne lui avait tenu de tels propos. Attendri, le monstre se redressa et délaissa son manuel de mathématiques pour venir au secours du pauvre lycéen.

« Dis-moi, qu'est-ce qui te pose problème ? »

Il s'accouda au bureau d'acajou et posa le menton au creux de ses paumes, cambrant son dos pour être plus confortablement installé. Minho, concentré sur ses révisions, pointa la page qu'il avait bien dû lire au moins mille fois sans la comprendre.

« Le prétérit ? s'étonna Yejun.

— Je sais exactement comment ça se forme, on l'étudie depuis des années, mais chaque fois je me fais laminer parce que je l'emploie n'importe comment, ronchonna l'autre, je confonds avec le present perfect, j'ai envie de changer ça, mais je comprends vraiment pas.

— Quand est-ce qu'on s'est rencontrés, Minho ?

— Hein ?

— Réponds tout simplement.

— Y a environ onze ans…

— Et tu te rappelles que tu m'as projeté de la lumière en pleine gueule en croyant que j'allais te manger ? »

Minho rigola et acquiesça.

« Le prétérit, reprit Yejun, c'est une action datée et terminée, sans influence sur le présent. Le present perfect, c'est une action qui s'est passée mais qui a des conséquences sur le présent. Des deux constatations que j'ai faites, laquelle tu mettrais au prétérit, et laquelle au present perfect ?

— Euh… La première… au present perfect, et la seconde… au prétérit ?

— Bah voilà, tu sais l'essentiel. Après, le reste, c'est du détail, même si ça reste important, ça l'est moins que cet aspect temporel, là t'as le gros du truc. On s'est rencontré il y a onze ans mais on est amis depuis, donc action passée qui a des conséquences sur le présent : c'est du present perfect. En revanche, la lumière dans ma tronche, je m'en suis vite remis, y a plus aucun lien avec le présent, donc prétérit.

— Bah putain, t'aurais pas pu le dire plus tôt ! s'esclaffa Minho. Et moi qui rame depuis tout ce temps !

— Si tu me le disais, aussi, quand tu rames, je pourrais t'aider.

— Super mon petit Yejun, je vais pouvoir te mettre à profit… »

L'adolescent à son tour lâcha un éclat de rire. Son ami se recula pour tapoter ses cuisses, l'invitant à s'y placer. Le jeune homme n'hésita pas un instant, obéissant à l'ordre silencieux. Avec l'âge, on pourrait imaginer que Minho voyait peut-être un côté malsain au fait qu'un garçon de dix-huit ans se trouvait présentement assis sur ses cuisses, mais étant donné qu'il n'avait toujours pas réussi à obtenir de seconde chaise… eh bien il fallait bien faire avec. Il n'y avait aucune arrière-pensée ni de la part de l'un ni de la part de l'autre. Et de toute manière, ils étaient bien trop concentrés sur leurs révisions pour se préoccuper de leur façon de se comporter ensemble.

Alors ils étudièrent. Toute la soirée. Yejun aidait son ami à comprendre puis assimiler parfaitement chaque point de grammaire qui posait problème à Minho, et jamais ce dernier n'avait autant progressé qu'auprès de son aîné qui possédait décidément un don pour l'enseignement.

« La fois où tu m'as offert un ours en peluche ?

— Present perfect, répondit Minho du tac au tac, parce que je sais que tu l'as encore.

— La fois où je t'ai fait un croche-pied pour rigoler ?

— Sale con.

— Erreur, s'amusa Yejun.

— Present perfect, parce que ça m'a traumatisé et que ça me blesse encore aujourd'hui.

— Je vois que tu progresses, le taquina son aîné. T'as l'air d'avoir compris, tu veux faire une pause ?

— Oh putain ouais ! s'exclama-t-il en levant les bras pour s'étirer. Je suis mort ! Il est quelle heure ?

— Un peu plus de dix heures du soir...

— Putain, je vais être KO demain...

— Demain c'est dimanche.

— C'est encore pire d'être KO un dimanche. »

Yejun roula des yeux, un magnifique sourire sur son visage, et il se redressa avant de se frotter les paupières, esquissant une moue fatiguée qui n'échappa pas à son cadet. Le petit monstre arborait des traits fins et un air doux que rien ne semblait en mesure d'atténuer, d'autant plus qu'il n'était pas très grand et qu'il demeurait très maigre même quand il s'empiffrait. Question carrure, on aurait pu penser que c'était Minho l'aîné, même si c'était le contraire. Ce dernier ne put pas s'empêcher de minauder :

« On dirait un chaton fatigué, hyung, t'es adorable !

— Un chaton ? ronchonna Yejun en relevant immédiatement la tête vers lui. D'où j'ai une gueule de bébé chat ?

— T'es l'innocence à l'état pur…

— Super, ça me fait une belle jambe. Bon viens, je veux ma pause, moi… »

Il lui tendit la main, l'air bougon. Minho la saisit et s'en aida pour quitter la chaise sur laquelle il était présentement assis depuis quatre heures. Chaque fois qu'ils s'offraient un moment de repos, ils le passaient de la même manière : allongés dans le lit du jeune garçon, l'un à côté de l'autre, entre rêve et réalité.

Yejun n'avait aucun besoin de dormir (tout comme il n'avait besoin ni de manger ni de boire), ce qui expliquait qu'il était toujours à l'affût de quelqu'un qui arriverait par surprise dans la chambre, et ça expliquait aussi en partie son intelligence : il pouvait travailler toute la nuit. Parfois, après que Minho s'était assoupi à ses côtés, il se relevait pour étudier. Pour autant il adorait être allongé, les paupières fermées, et laisser ses pensées s'obscurcir et se tourner vers de nouveaux horizons. Ça avait quelque chose de profondément apaisant, ça lui faisait énormément de bien.

« Mini, j'aurai pas le courage de revenir au bureau…

— Moi non plus, mais je dois bosser.

— J'ai tellement pas le courage, ronchonna une fois de plus l'aîné dans un piteux gémissement.

— On dirait que tu viens de miauler, le taquina Minho qui avait gardé les yeux clos et dirigés vers le plafond.

— Recommence pas avec tes histoires de chaton, par pitié…

— Mais c'est parce que t'es trop cute, hyung !

— Mouais… »

Minho soupira et, quelques minutes plus tard, il se redressa. Yejun l'imita dans un grognement : certes, il n'avait pas besoin de dormir, mais parfois son cerveau à lui aussi requérait un peu de tranquillité, il n'était pas une machine, et toute la journée il avait déjà étudié. Il avait même rangé le bazar que son ami avait laissé sur son bureau.

« Yejun, c'est bon, maintenant que j'ai compris je vais juste faire des exercices pour pratiquer et faire en sorte que ça devienne des réflexes, j'ai plus besoin de toi, t'inquiète, tu peux te reposer un peu.

— T'es sûr ?

— Ouais, ouais, je t'assure. En plus tu devrais être content, t'as tout le lit.

— Oh ça oui je suis content. »

Un grand sourire sur les lèvres, Yejun bougea pendant de longues secondes avant de trouver une position confortable, allongé sur le flanc, ses jambes entremêlées à la couette qu'il tenait entre ses bras.

« Et après, ça sort les griffes quand je l'appelle « chaton », se moqua Minho en le fixant d'un air tendre.

— Je t'entends…

— Mais. T'es. Trop. Mignon.

— Tss… »

Même ça, c'était terriblement adorable.

Minho lança un dernier regard à son petit monstre enroulé dans ses draps et tourna ensuite son attention vers ses cours. Yejun possédait un visage angélique, tout en lui tenait de l'irréel : ses yeux noisette avaient une profondeur à vous couper le souffle tant elle vous y noyait, ses cheveux blonds étaient toujours bien coiffés et tout doux, et ses habits blancs dont il ne voulait pas se départir lui donnaient une aura particulière d'absolue pureté.

Un ange.

Comment Minho avait-il pu croire qu'il était un monstre ?

~~~

Minho poussa un long soupir tandis qu'il lâchait l'anse de sa valise. Il venait de monter les quatre étages de sa résidence étudiante avec et il avait l'impression qu'il allait bientôt devoir faire ses adieux à son bras. Il traversa le couloir lumineux, observant les numéros indiqués sur les portes, et s'arrêta devant l'une d'elles : son nouvel appartement, là où il vivrait désormais. Il habitait à plus de quarante minutes de voiture de son université (car il avait finalement eu de si bonnes notes à ses évaluations qu'il avait pu choisir parmi plusieurs celle dans laquelle il voulait aller), et puisqu'il n'avait pas son permis, il ne pouvait que se déplacer à l'aide des transports en commun. Or cinquante minutes de bus avec deux correspondances et dix minutes de marche, ce n'était pas tenable tous les jours.

Il avait donc décidé de louer un petit appartement de la résidence universitaire. Rien de bien grand, seulement quinze mètres carrés, mais c'était suffisant. Il aurait tout ce qu'il fallait pour lui et pour son monstre angélique.

Yejun l'avait énormément épaulé pendant son examen, Minho était convaincu que sans lui, soit il aurait fait un burn-out, soit une dépression, soit il l'aurait joué à la « Into The Wild ». Dans tous les cas, ça se serait très probablement mal fini. Mais son aîné était resté à ses côtés. Chaque fois qu'il s'énervait à s'en arracher les cheveux, Yejun était arrivé pour l'enlacer et lui murmurer de s'octroyer une pause. Chaque fois qu'il avait commencé à pleurer dans son lit, le soir, frustré par tout ce qu'il devait savoir d'ici la fin de l'année, mais ignorait encore, Yejun lui avait essuyé les joues et lui avait offert un bisou de bonne nuit.

Il était la douceur incarnée, un véritable ange venu lui prêter mainforte depuis sa plus tendre enfance. Et ça, il ne s'en était rendu compte que récemment, car lorsqu'il avait éprouvé toutes ces difficultés, Yejun avait été le seul à trouver le moyen de l'apaiser.

Après avoir ouvert sa porte, Minho passa la tête dans son petit appartement et découvrit avec plaisir qu'au vu de l'agencement, quinze mètres carrés paraissaient grands. De plus, puisqu'il était le seul à pouvoir y accéder, Yejun pourrait rester là tout la journée sans craindre que quelqu'un n'entre et ne le voie. Et pour finir, quand bien même quelqu'un le verrait, peu importait, le cadet avait bien le droit d'inviter des amis dans sa chambre d'étudiant.

Autrement dit, si Yejun demeurait son secret, il pouvait cependant désormais vivre comme un garçon tout à fait normal, personne ne le remarquerait.

« Hyung, on est arrivés.

— J'ai vu ça. »

Un sourire amusé aux lèvres, Minho referma la porte à clés et se pencha pour découvrir son aîné sous le lit, allongé sur le dos, les yeux clos, le visage paisible et la tête posée au creux de ses mains.

« Tu prends vite tes aises, releva son ami.

— Oui je trouve aussi. J'aime bien me balader de temps en temps.

— Personne ne nous connaît ici, ça te dirait qu'on sorte ?

— T'es fou, la flemme ! Déjà que tu vas m'obliger à t'aider à ranger tes bagages…

— Fais gaffe, si tu m'emmerdes je risque d'entasser mon bordel sous mon lit.

— C'est bon, c'est bon, j'ai rien dit. »

Minho appuya une main sur sa hanche et observa Yejun se décaler pour quitter sa petite tanière. Le monstre s'étira puis posa des yeux ahuris sur son ami.

« Bah dis-moi, t'as couru un marathon avant de venir ? lâcha-t-il.

— Très drôle. Je me suis bouffé les quatre étages de cette résidence avec une valise ultra lourde à la main, un sac à dos et un à bandoulière, alors à moins de te sentir prêt à me dire que tu pourrais en faire autant, je te conseille de la boucler.

— D'accord, j'ai compris. Bon, je range quoi en premier ?

— Dans ma valise, y a mes vêtements, donc range plutôt ce qu'il y a dans mon sac à dos.

— D'acc. »

Des livres, un peu de vaisselle et des affaires de toilette. Voilà ce qu'il y avait dans son sac à dos. Yejun rangea tout parfaitement : il avait toujours vécu avec son ami, de sorte qu'il savait où il préférait placer ses bouquins et dans quel ordre. En revanche, pour le reste, il dut demander où poser ce qu'il avait entre les mains.

Pendant ce temps, Minho avait disposé dans son armoire tous ses vêtements puis il avait fait son lit correctement. Le studio meublé semblait de plus en plus chaleureux à mesure qu'il s'y installait, et avec Yejun auprès de lui, ça lui donnait l'impression qu'ils possédaient enfin un petit cocon rien que pour eux deux.

« Alors, t'en dis quoi ?

— C'est chouette, sourit Yejun. Tu seras bien, là.

— On sera bien, rectifia Minho. Ça va être cool !

— Ça te dérange vraiment pas que je sois toujours avec toi ?

— Mais je t'ai dit mille fois que non, j'adore t'avoir à mes côtés, mon chaton !

— Mais arrête avec ce surnom ! »

Minho éclata de rire et alla s'asseoir sur son lit, l'œil brillant de bonheur. Depuis quelques mois, Yejun s'inquiétait de plus en plus de l'intrusion qu'il représentait dans la vie privée de son ami, il avait peur de finir par l'agacer. Il avait essayé de prendre ses distances avec son cadet pendant les vacances, mais ça n'avait pas beaucoup plu à ce dernier qui lui avait demandé s'il avait fait quelque chose de mal. Yejun avait alors bredouillé qu'il craignait d'être parfois de trop. Minho s'était esclaffé bêtement avant de le rassurer et de lui dire qu'il n'était jamais de trop quand il était là, mais qu'il lui manquait quand il s'absentait.

Finalement, ils ressemblaient à des frères qui partageaient une chambre : ils s'étaient très rapidement accoutumés à vivre ensemble, et lorsqu'ils se retrouvaient seuls, il manquait quelque chose… quelqu'un. Pour autant, ça avait continué de travailler Yejun qui avait même demandé à son ami si ce n'était pas à cause du peu d'intimité dont il disposait qu'il n'avait encore jamais eu de relation.

Minho l'avait alors regardé droit dans les yeux avant d'afficher une mine songeuse et d'avouer qu'il ne ressentait simplement pas le besoin d'être en couple, d'autant plus qu'aucune fille de sa classe ne l'avait jamais attiré. Il préférait passer du temps avec son hyung, c'était plus drôle. Pour avoir grandi ensemble et tout appris l'un de l'autre, ils avaient fini par devenir à la fois similaires et complémentaires, à tel point que Minho ne se sentait réellement compris que par une personne : Yejun. Le lien qui les unissait se renforçait jour après jour, jamais il ne serait brisé, c'était une évidence, comme s'ils partageaient un lien de sang.

« Viens. »

Yejun sortit de sa brève torpeur à l'injonction tendre de son cadet qui tapotait la place à côté de lui sur le lit. Il s'assit et presque aussitôt, une douce étreinte se fit ressentir : Minho l'enlaçait, la tête dans son cou. Son murmure fut comme une brume chaude qui se déposa sur l'épaule de l'aîné que son t-shirt ne couvrait que partiellement :

« Si tu savais tout ce que je te dois, Yejun, si tu savais comme je tiens à toi. Reste avec moi, tu mérites pas le monde du dessous. Il est si noir, si froid... »

Le cœur brûlant de bonheur, le petit monstre le serra à son tour contre lui. Parfois, il repensait à ce soir fatidique, ce soir où Minho avait décidé de dormir sans sa lampe. Yejun s'était toujours promis de ne sortir qu'une fois la lumière éteinte, parce qu'il avait peur que son cadet ne s'effraie de son physique. Et désormais il l'enlaçait. Il avait tant craint de se faire frapper et insulter par le garçon qu'il passait ses journées à surveiller depuis le monde du dessous…

Ainsi, il s'abandonna à cette étreinte, car chaque contact avec lui avait le don de l'apaiser et de le rassurer : Minho, il avait plein d'amis, mais lui, Yejun, il n'avait que Minho. Si son cadet venait à le délaisser, il se retrouverait complètement seul, et que ferait-il alors ? Il n'aurait nulle part où aller et se sentirait atrocement misérable. Il représentait tout ce qu'il avait.

« Alors s'il te plaît, termina Minho en s'écartant doucement, ne doute jamais du fait que je veuille de toi. T'es quelqu'un de merveilleux, je suis super heureux qu'on ait enfin un endroit où on puisse être tranquilles sans flipper que mes parents entrent d'une minute à l'autre. On va être comme des colocataires, c'est cool hein ? »

Yejun acquiesça dans un mouvement qui rappelait chaque fois son visage enfantin effectuant ce geste le soir de leur rencontre.

« Bon, alors maintenant on fait quoi du coup ? s'enquit justement le plus âgé.

— On va au supermarché acheter ce que j'ai pas : nourriture, produits d'entretien, etc. Je vais te sortir un peu, mon chaton !

— Encore une fois, Mini, tu m'appelles comme ça encore une fois et je te jure que c'est moi qui ferai exprès de mettre du bordel sous ton lit pour être sûr de ne plus pouvoir revenir.

— Je débarrasserai tout très rapidement, et puis avec les petits cure-dents qui te servent de bras, tu feras pas grand-chose. »

Dépité, Yejun soupira.

« Bon, continua Minho, par contre ce sera ta première sortie, et dans cet accoutrement... ça va clairement pas le faire.

— Hein ?

— On va procéder à un relooking, t'as de la chance que mon armoire soit aussi bien garnie, j'ai hâte de m'amuser un peu ! Aujourd'hui, Yejun, tu vas officiellement devenir un être humain... pendant environ une heure.

— Pourquoi une heure ?

— Parce qu'après tu reprends tes vêtements blancs, t'es un ange avec, je veux pas avoir la sensation qu'à cause de moi t'es un être déchu.

— Mais je suis pas un ange moi ! s'agaça son aîné (Minho avait le don pour lui trouver des ressemblances avec tout et n'importe quoi, décidément).

— Je sais, t'es encore bien plus que ça.

— Ah bon ? s'enquit-il en haussant un sourcil interrogateur.

— T'es le monstre sous mon lit ! »

Yejun poussa un soupir las.

« Je sais, tu me le rappelles constamment.

— C'est parce que ça te rend...

— Mille fois plus mignon, compléta l'autre, je sais aussi.

— Bon, pour la première fois, tu vas changer de tenue, Yejun !

— Euh…

— Tu sais comment on se change au moins ?

— Prends-moi pour un con en plus… je m'inquiète juste au sujet de la tenue : je vais la choisir moi-même, hein ?

— Bien sûr que non, je veux choisir pour toi : pour une fois que je vais te voir habillé en étudiant, je veux tester des trucs !

— Tu veux jouer à la poupée quoi… Mais t'as pas envie de savoir quel style je veux adopter ? »

La remarque piqua la curiosité de Minho qui se mit à réfléchir un bref instant avant d'acquiescer et de laisser à son ami le choix parmi tous ses vêtements. Il pouvait prendre ce qu'il souhaitait. Yejun avait toujours su trouver les mots justes pour amadouer son cadet et le pousser à aller dans son sens, ça en devenait beaucoup trop facile.

Mais maintenant, il devait se décider : Minho était un adepte de l'éclectisme, il pouvait changer de style en moins de temps qu'il ne fallait pour l'imaginer. De fait, sa garde-robe s'avérait des plus fournies, et même s'il avait amené peu de vêtements, il en avait déjà une bonne quantité.

Posté devant l'armoire, près du lit, le jeune homme en observait le contenu avec une mine songeuse. Il s'y trouvait des habits sobres, décontractés, cool, grunge, et ce fut ce dernier style qui l'attira le plus. Il tendit une main hésitante vers certains vêtements qu'il avait parfois vu son ami porter et jeta un œil derrière lui : Minho était parti à la salle de bains, il était occupé à se coiffer.

Soulagé d'être un peu seul, Yejun attrapa donc un jean slim, une chemise à carreaux qu'il mit un moment avant de réussir à nouer autour de ses hanches, et un t-shirt blanc à manches longues – parce qu'avec le temps, il était trop habitué à cette couleur pour ne pas prendre au moins un habit blanc.

« Oh my god ! Mon bébé monstre est devenu une bombe ! »

Le pauvre Yejun, occupé à se regarder dans le miroir de l'armoire, sursauta brusquement à cette arrivée bruyante. Il tourna son petit minois étonné vers lui, découvrant alors qu'il le toisait avec dans les prunelles une sorte de joie mêlée de fierté.

« T'as bien fait de choisir tes vêtements toi-même, j'aurais pas mieux fait ! Tu es à croquer comme ça !

— Mais pourquoi je dois toujours être mignon… ?

— Ton visage dit que peu importe ton style, tu seras mignon, c'est comme ça t'y peux rien.

— Putain…

— Même là t'es chou. »

Il leva les yeux au ciel, mais bien vite Minho lui attrapa le poignet pour l'attirer avec lui à l'entrée. Il enfila des converses de tissu et laissa son autre paire de baskets à Yejun. En revanche…

« Je sais pas faire les lacets.

— Laisse, sourit son cadet, je m'en charge. »

Une fois qu'ils furent prêts, Minho sortit son téléphone et ils se dirigèrent vers un supermarché indiqué comme le plus proche. Yejun avançait d'un pas peu assuré, une démarche presque hésitante. Il se triturait les doigts, ses yeux semblaient se poser un peu partout, et finalement son ami se stoppa alors qu'ils venaient à peine de sortir de la résidence.

« Ça va, hyung ?

— Les gens comme moi… on n'est pas faits pour sortir, balbutia-t-il, c'est la première fois que je vois l'extérieur de tes chambres, et pour une première fois, ça fait beaucoup d'un coup.

— Merde je suis désolé, soupira Minho, j'y avais même pas pensé, quel idiot je fais… Tu veux que je te ramène et que j'y aille seul ?

— T'es fou, tu m'as pas fait des lacets pour rien. C'est juste le temps de m'y faire. »

Après une courte hésitation, Minho lui prit la main et l'obligea à se rapprocher de lui avant de lui offrir son plus beau sourire. Yejun baissa les yeux sur leurs doigts entrelacés et le regarda avec étonnement : ils avaient peu de contacts physiques, même quand ils dormaient ils avaient toujours laissé un peu de distance entre eux. Généralement, quand ils se montraient si tactiles, c'était seulement pour rassurer l'autre.

Et Minho avait bien vu que son aîné avait besoin d'être rassuré.

« Je suis là, moi, dit-il, t'as pas à flipper.

— L-Lâche-moi, rougit Yejun, des gens nous fixent...

— Attends je réfléchis... je réfléchis... non en fait, je m'en fous des autres. Allez, viens, le frigo est vide, on a des courses à faire. En plus comme ça tu pourras choisir ce que tu veux manger. »

Il le tira sans ménagement à sa suite, et aussitôt le blondinet, croisant quelques regards torves posés sur eux, baissa les yeux. Il aurait aimé voir à quoi ressemblait le monde, mais pour l'instant il se contenterait du trottoir – c'était déjà largement suffisant pour une première sortie.

Sur le chemin, ils parlèrent peu ; au bout d'une dizaine de minutes, ils arrivèrent à l'endroit souhaité. Ce ne fut qu'à ce moment que Yejun releva le visage pour découvrir de longs rayonnages avec de petites pancartes qui indiquaient quoi y trouver. Minho se dirigea vers l'alimentaire, la main de son ami toujours dans la sienne, et dans l'autre un panier qu'il avait attrapé au passage.

« Je vais faire un stock de plats préparés, t'as une préférence pour quel type de nouilles ? »

Trop concentré sur les stocks immenses de nourriture autour de lui, Yejun n'écoutait que d'une oreille et se contenta de hausser les épaules. Minho lui avait toujours amené à manger, de sorte qu'il ne savait pas vraiment quoi choisir. Voir toutes ces bonnes choses, ça en devenait presque écœurant à force. Il y avait beaucoup trop d'aliments ici, et surtout beaucoup trop qu'il ne connaissait pas.

« T'es pas difficile au moins, ricana Minho. Viens. »

Yejun obéit, contraint par la main qui s'accrochait à la sienne. Il se laissait complètement faire, mais c'était ça qui le rassurait : Minho maîtrisait tout, le petit monstre n'avait qu'à le suivre et se laisser guider. Chaque fois que son ami lui demandait son avis sur un produit, il se contentait d'opiner. Les goûts de Minho reflétaient les siens : tout ce qu'il choisirait, lui aussi il l'aimerait. Pour autant, il trouvait ça touchant que malgré tout son cadet continue de s'enquérir de ses préférences.

Le pire était probablement que Minho ne s'en rendait même pas compte, au contraire il était ravi que Yejun apprécie ce qu'il lui proposait, et ça lui donnait l'impression de le faire participer.

« Et ça, t'en dis quoi ?

— Euh… de la peinture ? »

Minho explosa de rire en voyant son visage étonné. Il essuya une petite larme qui menaçait de couler sur sa joue et reprit :

« Mais non, c'est une teinture, c'est pour changer de couleur de cheveux. Tu crois que des reflets un peu rouges m'iraient bien ?

— Bah je sais pas, pourquoi tu veux changer ?

— Euh… pour changer, tout simplement. T'as pas envie de changer ta couleur de cheveux, toi ?

— Non, j'aime bien être blond, en plus de naissance, c'est pas commun, alors c'est encore mieux.

— T'as pas tort, mais moi je suis né avec une couleur ultra banale, c'est différent.

— Alors si tu veux changer, change. C'est pas définitif de toute façon ?

— Non, non, t'inquiète. Et puis, les teintures, ça a l'air cool, mais j'en ferai pas tous les quatre matins. »

L'aîné acquiesça : que son ami souhaite un peu de nouveauté lui faisait plaisir, mais d'un autre côté, il avait du mal à l'imaginer avec des reflets rouges... Il verrait bien ce que ça donnerait.

Ce ne fut que lorsqu'ils rentrèrent chez eux que Minho lui lâcha la main, et bien que d'un côté ça soulage Yejun de sa gêne, il devait également bien admettre qu'il avait aimé ce geste. Sa main était chaude, douce, apaisante, et leurs doigts entrelacés ne semblaient pouvoir être défaits par personne. Ça le rassurait, car il savait que plus son ami grandirait, plus s'accroîtraient les chances pour qu'il s'éloigne de lui : dans tous les films qu'il avait regardés, les amis d'enfance étaient séparés tôt ou tard, et ça le tourmentait, même s'il essayait de le cacher.

Pourtant, celui-ci n'était pas dupe, il avait parfaitement compris les craintes de Yejun. Il voyait bien que son petit monstre était triste quand il lui semblait qu'ils se détachaient l'un de l'autre, et ça, il avait du mal à le supporter. Il ne voulait pas que son aîné se sente seul, jamais.

« Depuis le jour où t'as eu le courage de te montrer, on est amis. C'est pas parce que je te lâche la main que je t'abandonne, » promit-il.

~~~

« Oh putain ! Minho, qu'est-ce qui s'est passé ! »

Le visage paniqué, Yejun se précipita vers son meilleur ami qui venait de refermer la porte de son appartement. Le simple fait qu'il soit rentré sans prononcer un mot avait mis la puce à l'oreille de son aîné, mais il n'aurait pas imaginé que lorsque le brun aux reflets roux enflammés se retournerait, il se trouverait dans cet état. Son œil gauche était mi-clos, assombri par un coquard. Sa lèvre était coupée et du sang avait visiblement coulé sur mon menton avant de se retrouver sur son t-shirt à manches longues blanc désormais taché de pourpre. Enfin, plusieurs hématomes couvraient ses pommettes et son visage.

Minho tenta de sourire pour lui montrer qu'il allait bien ; soudain il se plia en deux, la main sur le ventre.

« Y-Yejun, s'il te plaît… aide-moi à aller m'allonger…

— Tu veux que j'appelle quelqu'un ? s'alarma-t-il en filant lui porter secours.

— Non, ça va passer, c'est rien de trop grave, t'inquiète. »

L'autre n'osa pas lui demander la raison de son état et se contenta de glisser un bras sous ses épaules pour lui permettre d'arriver au lit sur lequel il s'installa en poussant un soupir de bien-être. Yejun alors s'agenouilla et observa son visage que Minho avait tourné vers lui.

Il savait bien que ça aurait pu s'avérer utile d'étudier la médecine…

Par chance, aucune blessure ne semblait sérieuse. Il se redressa en indiquant qu'il allait chercher la trousse à pharmacie que sa mère l'avait obligé à amener. Elle avait bien fait, son fils en aurait besoin.

« Comment tu t'es fait ça ? murmura Yejun. Tu te rends compte que ça aurait pu être bien plus grave ? »

Il n'attendait pas de réponse, il sortit de la pommade de la trousse blanche, mais fut stoppé dans ses gestes quand Minho rigola.

« Appelle-moi Anpanman, parce que c'est en défendant un mec que je me suis foutu dans cet état.

— C'est vrai ? s'étonna Yejun tout à coup intéressé.

— Il a sauté une classe, il a un an de moins que moi. Il a une petite tête d'intello, mais les autres le laissaient tranquille jusqu'à ce que la rumeur se mette à courir, disant qu'il était homosexuel. À la fin du cours, j'ai été un peu plus long que d'habitude parce que je voulais poser des questions au prof, et quand je suis parti, j'ai vu une bande de quatre connards autour de ce gamin terrifié, bloqué contre un mur, l'air totalement vulnérable. Je me suis approché pour être sûr que je me méprenais pas, et quand il s'est mis à pleurer après qu'un gars l'a traité de sale pédé, je crois que je me suis légèrement énervé.

— Et ils t'ont explosé la gueule, conclut Yejun.

— Figure-toi que j'avais repéré le « leader », celui qui crachait le plus d'insultes pour faire rire ses potes. Du coup c'est avec lui que je me suis battu en premier. J'ai eu l'effet de surprise avec moi, je l'ai maîtrisé sans trop de problèmes, les autres ont pas eu le temps de réagir. Quand j'en ai maté un second, les deux autres ont préféré fuir. Alors certes, j'ai été amoché, mais je suis le grand gagnant !

— Un vrai héros, en effet, sourit tendrement Yejun.

— En même temps, tu l'aurais vu cet enfant, toi aussi tu serais venu l'aider.

— Et lui d'ailleurs, il a pas été frappé ?

— Non, c'est même lui qui m'a aidé à revenir jusqu'à la résidence. Je me suis pris un sacré coup de pied dans le ventre, j'aurais pas pu revenir seul… mais les quatre étages, c'est à la force de mon mental que je les ai gravis ! »

Le blondinet leva les yeux, l'air las, avant de terminer d'appliquer avec soin la crème sur les hématomes de son meilleur ami. Minho ne s'était jamais montré bagarreur, au contraire il prônait le dialogue. Ainsi, s'il s'était jeté sur ces brutes, ça signifiait probablement qu'il n'y avait rien de mieux à faire – le garçon face à eux avait d'ailleurs déjà dû tenter de les raisonner en vain avant son arrivée. Yejun se sentait fier de son cadet : profondément altruiste, il était prêt à se mettre en danger pour défendre les autres.

« T'as un bleu sur le ventre ou pas ?

— Je sais pas, j'ai pas vérifié, y avait pas de miroir dans la rue, se moqua-t-il.

— Pff, crétin. Allez, soulève ton t-shirt, ça ira sûrement mieux avec un peu de pommade.

— C'est quand même pas juste, toi tu te blesses jamais…

— C'est parce que je sors pas de tes chambres…

— Et le jour où tu t'es éclaté la tête contre le coin de mon bureau ?

— Mini, je ressens la douleur mais mon corps est bien différent du tien, je te l'ai déjà dit : je peux pas être blessé, je ne suis pas humain.

— Tu devrais faire super héros, ce serait grave utile.

— Y a six mois tu me voyais bien devenir médecin…

— C'est vrai. Alors joue ton rôle, docteur Yejun. »

Ledit docteur Yejun le toisa d'un air dépité puis posa avec hésitation les doigts sur le bas de son t-shirt.

« Je peux le faire tout seul si ça te gêne, sourit son cadet.

— Non, même pas en rêve, tu bouges pas d'un pouce. »

Minho approuva d'un hochement de tête encourageant et, après un soupir, Yejun lui releva son vêtement de sorte à dévoiler uniquement son ventre. Son ami était mince avec cependant des muscles définis, surtout au niveau des abdominaux. Sa peau était parfaite, légèrement hâlée. L'aîné versa une noisette de crème sur ses doigts déjà gras de la pommade qu'il lui avait précédemment appliquée sur le visage, puis il posa sa main chaude à la hauteur de son estomac douloureux. Minho grimaça aussitôt, l'autre sentit ses muscles se contracter. Il suivit le mode d'emploi fourni avec le petit tube de baume et effectua des mouvements circulaires là où l'épiderme était marqué par le coup reçu.

Cette sensation permit rapidement au cadet de se sentir mieux au point qu'il ferma les yeux, bercé par la douceur dont faisait preuve son ami. Il ne se rendit même pas compte des frissons qui s'emparèrent de son corps, et Yejun termina sa tâche avant de s'écarter. Il préférait ne pas remettre le t-shirt en place de peur que la crème ne le salisse ; il se contenta d'aller ranger la trousse à pharmacie et se laver les mains.

Du bruit lui parvint de la chambre mais il n'y prêta pas attention, Minho était simplement en train de bouger sur le lit, s'enroulant sans doute dans les couvertures. Cependant, lorsqu'il revint à la pièce principale, Yejun ouvrit de grands yeux étonnés : son ami se trouvait toujours sur le dos, à moitié endormi, en revanche, il avait retiré son haut.

Sentant ses joues s'empourprer, son monstre se détourna et se rendit plutôt au petit coin cuisine de l'appartement pour concocter le dîner. Minho lui avait montré comment faire, et même s'il avait encore du mal à cuisiner, il avait rapidement maîtrisé la cuisson au micro-ondes, raison pour laquelle il se contenta de réchauffer un plat préparé.

« Ça sent bon, murmura Minho juste assez fort pour se faire entendre.

— Je sais que c'est ton préféré.

— Fais attention, je vais prendre goût au fait que tu t'occupes de moi…

— Tu as toujours pris soin de moi, il faut bien que je te le rende.

— T'inquiète, ça va.

— Dit-il avec un visage couvert de bleus… »

Minho ricana, regrettant aussitôt les contractions que ça impliquait au niveau de ses abdominaux. Yejun arriva auprès de lui, un bol et des baguettes à la main, qu'il tendit à son cadet. Ses légères rougeurs passèrent complètement inaperçues aux yeux du jeune garçon qui se contenta d'entrouvrir les paupières pour prendre appui sur ses bras, se redresser, et attraper son dîner en le remerciant chaleureusement.

« Je crois que je vais pas réviser ce soir, je suis fatigué…

— Tu m'étonnes. »

Une fois le plat terminé, Yejun s'employa à nettoyer la vaisselle. Déjà près de cinq semaines que Minho et lui étaient arrivés ici et il avait l'impression d'avoir beaucoup gagné en maturité : son ami lui avait appris énormément, pouvoir accéder à un appartement entier lui avait fait découvrir ce qu'était une cuisine, une salle de bains et un salon. Il avait toujours eu peur qu'on le remarque s'il sortait de la chambre de son cadet, il y était resté toute sa vie – et puis ça ne l'avait jamais vraiment dérangé de s'y trouver.

Après un peu de ménage, il s'enquit de l'état de Minho et, une fois que celui-ci lui eut assuré qu'il allait mieux, il lui demanda de s'allonger lui aussi. Il ne voulait pas se sentir seul dans son lit, il n'en avait pas l'habitude.

D'ailleurs, le lit de cet appartement s'avérait plus étroit que celui de son ancienne chambre… ce qui ne les empêchait pas de continuer de dormir ensemble. En vérité, ça faisait douze ans que les deux garçons s'étaient rencontrés, et en douze ans, pas une fois ils n'avaient dormi séparés. Yejun n'avait plus passé la moindre nuit dans le monde du dessous, et depuis, chacune avait été bercée par la respiration de Minho à ses côtés.

~~~

Yejun était tranquillement installé dans le monde du dessous, entouré des peluches que Minho lui avait offertes : chaque année à Noël, une de plus venait agrandir sa collection, même si celle qu'il préférait demeurait le petit ourson blanc dont il avait énormément pris soin. Le doudou avait seulement perdu un œil, mais sa fourrure avait conservé sa douceur, encore des années après. Ces peluches avec lesquelles il se reposait rendaient la nuit un peu moins inquiétante, ça le réconfortait de savoir que Minho pensait à lui.

Minho justement se trouvait avec un ami dans sa chambre, ce qui expliquait que Yejun, ne souhaitant pas le rencontrer, avait décidé d'aller se cacher. Le brun avait tenu à le lui présenter, mais son aîné s'avérait bien trop timide. C'était pour cette raison que le jeune homme se prélassait à présent dans l'en dessous, songeant à tout et à rien.

Cet ami, c'était le garçon que Minho avait « sauvé » quelques jours plus tôt : le lendemain de la rixe, il avait remercié son camarade de l'avoir aidé, et immédiatement, ce dernier s'était senti obligé de le protéger. Taeil, car c'était ainsi qu'il s'appelait, était rassuré à ses côtés : Minho lui renvoyait un sentiment de chaleureuse sécurité qu'il appréciait énormément.

Aujourd'hui, Minho l'avait invité chez lui pour étudier un peu, ce que Taeil avait accepté avec plaisir, enchanté d'avoir enfin un ami – c'était rare qu'on vienne lui parler. Minho dégageait quelque chose de rayonnant, comme s'il était capable d'irradier et de transmettre à ceux qui l'approchaient toute sa bonne humeur et chacun de ses sourires. Il était très rapidement devenu un grand ami aux yeux de Taeil qui voulait croire que pour une fois quelqu'un voyait une personne bien en lui. Toute sa vie il avait été traité de tous les noms, même changer de ville n'y avait rien changé. Il portait simplement son intelligence sur le visage, avec ses cheveux bruns bien coiffés, ses larges lunettes rondes et son regard perçant malgré son air enfantin peu sûr de lui. Il avait eu beau se convaincre que tous ceux qui l'attaquaient n'étaient que des jaloux, une fois arrivé à l'université, tout s'était écroulé pour lui.

En effet, il y avait dans sa classe un garçon qui l'attirait beaucoup, trop malheureusement, et à qui il avait osé aller parler en constatant que lui aussi l'observait de façon intéressée. L'autre avait été outré de cette déclaration, il l'avait insulté de gros dégueulasse et lui avait dit qu'un homosexuel était une erreur de la nature. Il avait raconté ça à toute la promotion, la rumeur avait fini par courir, et cet étudiant et sa bande étaient venus l'attraper à la fin d'un cours pour lui « montrer ce qu'on leur fait aux petits homos dans ton genre », selon leurs mots. C'était à cet instant que Taeil avait senti les larmes monter. Il avait compris qu'il serait toujours rejeté, peu importaient sa gentillesse, ses bonnes intentions… et ses sentiments.

C'était à ce moment exact que son bourreau s'était retrouvé tiré en arrière par un garçon dont Taeil ne savait qu'une chose : il comptait également parmi les élèves de son groupe de travaux dirigés.

Depuis, son sourire lui était revenu, la vie lui paraissait plus belle, et il passait la plupart de son temps avec Minho à l'université. Il avait pris confiance en lui très rapidement, aidé par celui qui l'encourageait à s'affirmer un peu. De fait, que son nouvel ami l'invite chez lui, ça lui avait fait énormément plaisir ! Il se sentait comme sur un nuage.

À présent, ils étaient tous les deux occupés à leurs devoirs. Il n'y avait qu'une chaise, si bien que Minho avait pris place sur le bureau pour la laisser à Taeil. Il y avait auprès d'eux deux verres remplis d'eau et un paquet de biscuits entamé – ça faisait quand même une heure qu'ils étaient ici.

« Tu vis seul ? demanda Taeil simplement pour faire la conversation.

— Pourquoi ?

— Deux jeux de couverts, indiqua le châtain en désignant du menton le placard dans lequel il rangeait sa vaisselle.

— Oh oui, je vis avec un ami d'enfance, mais il a préféré pas s'imposer, il est parti faire un tour pour nous laisser travailler. C'est dommage, j'aurais bien voulu te le présenter. »

Taeil acquiesça, un sourire sur les lèvres, avant qu'une nouvelle interrogation ne lui traverse l'esprit :

« Mais t'as qu'un lit.

— Nos parents nous ont toujours laissé dormir ensemble, on s'y est fait à force. »

Le garçon fronça les sourcils ; c'était loin d'être banal, comme situation. Puis il haussa les épaules, estimant que de toute manière, ce n'était pas ses affaires, il n'avait pas à s'en mêler. Une fois Taeil parti, Minho se baissa silencieusement et sourit en voyant que Yejun n'avait pas perdu une minute pour refaire son apparition sous son lit, installé comme à l'accoutumée.

« Vaut mieux pas être claustrophobe pour être un petit monstre du dessous du lit, rigola Minho. Allez, sors de là, je vais nous faire le dîner. »

Le blondinet quitta sa cachette, amusé de constater que Minho prenait toujours particulièrement soin de bien laver le sol, surtout autour du lit, afin d'être sûr que Yejun soit allongé confortablement et ne se salisse pas – alors même qu'il lui était impossible de se salir. Il se releva, s'épousseta par pur réflexe, pour remettre correctement ses vêtements blancs, puis il s'assit au bureau.

« Du coup, t'en as pensé quoi, de Taeil ? demanda Minho en attrapant de quoi dîner.

— Qui te dit que je vous écoutais ?

— T'écoutes toujours, Yejun, je te connais.

— Il a l'air franchement sympa. Un peu timide, peut-être.

— Il me fait penser à toi, rigola Minho. Il a l'air d'un chaton déboussolé.

— J'en ai marre…

— Mais moi je t'aime, mon chaton ! lança d'un ton exagérément désespéré Minho qui riait à moitié.

— Bah encore heureux ! »

Minho termina sa préparation tandis qu'ils discutaient de l'animé qu'ils comptaient regarder ensemble ce soir-là. Le plat fini, il sortit deux bols qu'il remplit et prit des baguettes. Même si Yejun n'avait pas besoin de manger pour vivre, Minho avait toujours insisté pour partager ses repas avec lui, simplement parce que ça leur faisait une chose de plus qu'ils partageaient, et puis de cette manière ils se sentaient plus proches. Comme à son habitude, dès lors que son cadet le rejoignit au bureau qui leur servait également de table, Yejun se leva pour lui laisser la chaise, et il s'assit sur ses genoux. Ils avaient déjà essayé de s'installer sur le sol pour déjeuner en tailleur, une vieille boîte à chaussure pour table, mais ça leur avait donné la sensation d'être trop éloignés, et se faire face leur paraissait tout aussi bizarre. De même, ils avaient tenté de manger sur le lit, mais Minho avait renversé du bouillon sur ses draps. Ce n'était pas gênant quand il y avait sa mère pour les changer, mais le jeune homme s'était vite rendu compte que laver les draps, c'était atrocement chiant, de sorte que l'option du lit avait à son tour été rayée de la liste.

Ils avaient donc gardé cette position qu'ils avaient toujours lorsqu'ils s'asseyaient au bureau. Minho entourait le corps de Yejun de ses bras afin de pouvoir atteindre son plat pendant que l'aîné avalait sa part tranquillement. Étrangement, il n'avait jamais renversé quoi que ce soit sur son petit monstre, alors même que sa position impliquait plus de risques que quand ils étaient simplement sur le matelas l'un à côté de l'autre…

Ils terminèrent peu après et Yejun alla s'installer sur le lit pour chercher leur animé favori sur l'ordinateur pendant que Minho allait prendre une douche. Une fois l'épisode trouvé, il s'allongea confortablement en attendant son cadet qui ne devrait plus tarder. Ses paupières se fermaient d'elles-mêmes, il souhaitait se reposer un peu, il aimait se laisser porter par un sommeil qui ne lui était pas nécessaire mais dont il appréciait le calme.

« Hyung, murmura une voix douce à côté de lui, tu veux dormir ?

— Tu sais bien que non. »

Il ouvrit les yeux, ses beaux yeux noisette qui n'étaient jamais cernés, et posa son regard sur Minho qui le scrutait avec tendresse. Il se décala, intimant silencieusement à son ami de le rejoindre, et ils se mirent leur épisode.

Minho ne suivait pas vraiment tout ce qui se disait, il était songeur : dans la journée, il avait eu l'occasion de déjeuner avec Taeil qui lui avait demandé s'il était déjà tombé amoureux. Ce dernier avait répondu que non avant de lui retourner la question. Son cadet avait alors hoché piteusement la tête en désignant du menton l'un de ses anciens agresseurs. Il avait ensuite ajouté que depuis ce qui s'était passé en revanche, il ne voulait plus tomber amoureux, trop effrayé à l'idée de se faire frapper pour son orientation sexuelle.

Sa détresse avait profondément touché Minho. Après tout, Taeil était un garçon absolument adorable et, en plus de ça, aussi brillant que généreux. Comment pouvait-on oser s'en prendre à lui ? Il méritait tellement mieux…

~~~

Un mois de plus s'était écoulé depuis la visite de Taeil. Ce dernier revenait parfois, et chaque fois Yejun préférait s'en aller. Il n'avait accordé qu'une exception, et encore, il n'avait accepté que parce que Minho était pratiquement sur le point de s'agenouiller pour le supplier de rester avec eux. Il tenait à ce que Taeil se sente entouré de personnes bienveillantes.

Yejun était donc resté et, finalement, il avait passé un excellent moment. Taeil était effectivement un garçon des plus charmants, très gentil mais également très pudique – il se mettait toujours à l'écart sans que ses deux aînés en comprennent la raison. Quand Minho lui avait demandé pourquoi il se montrait si distant avec eux, il avait rougi de manière adorable en balbutiant que généralement, puisqu'il était homosexuel, les gens au courant refusaient qu'il les approche de trop près, surtout les garçons qui le prétendaient sale.

Révolté par la façon dont Taeil avait été traité par ses camarades de classe, Minho l'avait alors pris dans ses bras, lui indiquant d'un murmure qu'il trouvait que cette étreinte n'avait rien de sale, qu'au contraire ça lui plaisait, et qu'il savait que Taeil ne pensait pas à mal quand ils avaient l'un pour l'autre ce genre de gestes.

Sur le moment, effectivement, il avait eu raison. Néanmoins, dans les jours qui avaient suivi, Taeil avait bien remarqué qu'il se sentait de plus en plus attiré par son nouvel ami. Minho était, en quelques sortes, son sauveur ; il s'y était attaché plus que de raison. Et le voir agir ainsi avec lui…

Mais s'il y avait une chose qu'il savait aussi, c'était que Minho s'avérait hétérosexuel, ou du moins que lui ne l'intéressait pas – en même temps, qui serait intéressé par lui ? Il ne pouvait donc pas arriver comme une fleur et tout lui avouer avec l'espoir que son amour serait réciproque. D'une part, le seul fait d'admettre devant son ami ses sentiments l'effrayait, et d'autre part Minho, malgré son immense gentillesse, pourrait parfaitement se vexer en apprenant que c'était lui que Taeil aimait. Ce dernier y avait pensé longuement, tentant de se faire une raison, pourtant son affection se révélait tenace, surtout quand elle était si forte. Enfin quelqu'un ne le haïssait pas…

Ainsi, ce soir où Minho l'avait invité une fois de plus, il avait prévu de lui parler, de lui dire ce qu'il ressentait, de se montrer honnête. Après réflexion, il avait pris conscience que son aîné ne le rejetterait pas trop violemment, et il avait besoin de l'entendre dire que c'était impossible, qu'il ne l'aimait pas. Ça l'aiderait à l'oublier, aucun doute. De cette manière, il pourrait entretenir une simple relation d'amitié avec Minho, et tout redeviendrait comme avant qu'il n'en tombe amoureux.

Décidé, il toqua à la porte du petit appartement, le cœur battant plus fort que les coups qu'il avait infligés au bois devant lui. Minho lui ouvrit, aussi beau et rayonnant que d'habitude, si bien que le jeune garçon sentit ses joues chauffer. Il était vraiment magnifique, c'était indéniable.

« Salut, mon Taetae. Allez viens, j'ai préparé le bureau, on a toute la place pour bosser ! Et j'ai acheté des gâteaux !

— C-C'est gentil, balbutia-t-il, fallait pas.

— Oh bah si, quand même ! Allez, entre, on a du pain sur la planche ! »

Il acquiesça et obéit.

« Yejun est pas là ?

— Je t'ai dit qu'il aimait pas trop traîner dans les parages quand il y avait d'autres personnes que moi. C'est un grand timide, mon petit chaton, ricana Minho.

— Ton chaton ?

— Tu trouves pas qu'il a des airs de chaton ?

— J-Je sais pas... Il fait des études de quoi ?

— De mathématiques, mais il étudie par correspondance.

— Pourquoi ? La fac est pas loin.

— Il aime juste pas sortir.

— Alors il est où, là ?

— Chez un autre pote chez qui il va squatter pour jouer à la console parfois.

— Oh, je vois. »

Depuis son petit monde sombre et froid, Yejun jubilait des mensonges qu'accumulait son ami. Il était vraiment doué pour dissimuler la vérité, et ses explications semblèrent convenir parfaitement à Taeil puisqu'il ne l'entendit plus répondre.

Par contre, Minho allait payer cher pour l'avoir qualifié de « chaton » devant leur cadet...

Taeil s'installa sur la chaise à laquelle il était désormais habitué, un meuble tout simple, puis accorda un sourire timide à Minho lorsque ce dernier se plaça près de lui, assis sur le bureau, sa pochette de feuilles de cours sur les genoux.

« Bon, tu penses qu'il vaut mieux commencer par quoi ?

— Je sais pas… et toi, t'en penses quoi ? »

Minho hésita à son tour avant de pointer un exercice de mathématiques dans le petit agenda qu'il gardait toujours avec lui. Taeil acquiesça et la chose fut décidée. Il épiait du coin de l'œil chaque geste que son aîné effectuait, obnubilé par la grâce de ses mouvements et la finesse de son corps : il était fasciné.

Les minutes défilaient, il n'arrivait à se focaliser sur rien d'autre que le jeune homme près de lui, ça le rendait dingue : il ressassait silencieusement chacun des mots qu'il comptait prononcer, se demandant parfois si ce n'était pas trop idiot ou trop ridicule. Il avait atrocement honte, pourquoi ne pouvait-il pas aimer les filles, comme tout le monde ? Pourquoi fallait-il que les garçons l'attirent ? Et plus que tout des garçons hétérosexuels…

« M-Minho, j-je… j-je voudrais…

— T'es sûr que ça va ? s'inquiéta-t-il. T'es tout pâle et depuis tout à l'heure on dirait que t'as du mal à te concentrer. T'as mal quelque part ?

— Non, non, m-mais je… en fait, j-je voudrais t-te dire quelque chose, m-mais ça me fait peur…

— Écoute, quoi que tu dises, tu sais que je vais rien te faire. Alors ce qu'on va faire, c'est que je vais te passer un verre d'eau, tu vas boire un peu, puis tu vas prendre une grande respiration, et là tu m'expliqueras ton problème, d'accord ? »

Son cadet acquiesça, sentant que de pâlichon, il allait bientôt devenir rouge tomate. Ce ton rassurant l'incita à penser que son ami allait très certainement le rejeter d'une manière vraiment douce, et il avait hâte que toute cette histoire se termine et soit enfin derrière lui. Minho de son côté craignait ce que Taeil s'apprêtait à lui annoncer : il le savait plus distrait ces derniers temps, plus songeur, et il gardait plus souvent qu'avant la tête baissée.

Pour lui, tout concordait : Taeil subissait de nouveau du harcèlement et voulait lui demander de l'aide. Il était probablement gêné de s'adresser à lui, mais s'il y avait des gens à qui il fallait remettre les idées en place, Minho n'hésiterait pas.

Une fois le verre rempli, il l'amena à Taeil qui le remercia timidement, visiblement noyé sous le stress. L'autre reprit sa place sous le regard du premier qui ne but que deux gorgées avant de reposer le verre et de lever les yeux courageusement vers son interlocuteur.

« E-En fait, j-je… »

Sa voix se coupa et son visage traduisit le fait qu'il s'apprêtait à fondre en larmes à la seule idée d'avouer ce qui lui pesait sur le cœur. Bouleversé par cette image poignante, Minho descendit de son perchoir et enlaça son ami, se penchant pour être à sa hauteur puisque Taeil était toujours assis sur sa chaise.

« Eh, ça peut pas être si grave. Te stresse pas comme ça, tu sais bien que je suis là. Allez viens, on va faire une pause et tu vas rassembler tes idées. »

Minho attrapa son portable et le poignet de son cadet, ils s'installèrent tous les deux en tailleur sur le lit. Taeil y était habitué, chaque fois que Minho voulait une pause, c'était là qu'ils finissaient. Or, cette fois-ci, ça lui serra encore plus le cœur.

Moins il arrivait à parler, plus son blocage s'intensifiait. Minho reposa son smartphone, constatant que l'état de son ami ne s'améliorait pas, et, les mains sur ses épaules, il l'obligea à le regarder dans les yeux.

« Tae, tu sais que tu peux me le dire si des mecs continuent de t'emmerder, hein ? »

Le visage surpris de son cadet lui indiqua qu'il avait fait fausse route, visiblement Taeil ne comprenait pas de quoi il parlait.

« Hyung, c'est pas ça, murmura-t-il d'une voix éteinte, mais j'y arrive pas…

— Essaie, je veux pas que tu continues de te sentir si mal, tu m'inquiètes. »

Incapable de le regarder en face, le plus jeune baissa la tête, ferma les paupières et osa finalement s'exprimer.

« Je sais qu'on se connaît pas depuis longtemps, à peine un mois et demi, mais tu m'as vraiment aidé, je me sens si bien avec toi. Je voulais tellement d'un ami comme toi que je crois qu'au début, j'avais même du mal à me rendre compte que tu me détestais pas.

— Tae...

— Je suis amoureux de toi, lâcha enfin le garçon dont les yeux clos n'empêchèrent pas quelques larmes de couler, amoureux comme je l'ai rarement été... comme je l'ai jamais été, en fait. Parce qu'avant, quand j'aimais un garçon, c'était de loin : je l'aimais parce qu'il était mignon et que je le trouvais drôle en classe, mais je le connaissais jamais vraiment. Alors que toi, plus je te connais, plus c'est fort. Je sais que tu m'aimes pas, alors j'aurais juste besoin que tu me le dises, comme ça on redeviendra de bons amis. D'accord ? »

Il osa enfin relever son regard rouge et humide vers Minho qui semblait complètement ahuri.

« Pitié hyung, me déteste pas, murmura Taeil, je suis désolé, mais je te jure que je te laisserai tranquille si tu ne... si tu ne veux plus... m-me voir. »

Désormais bel et bien en larmes, Taeil faisait peine à voir, et ce fut à cet instant que Minho se ressaisit. Il ne réfléchit pas : il prit cet adorable visage en coupe entre ses paumes, et posa avec la plus grande délicatesse ses lèvres sur les siennes.

Quelque chose en Yejun se brisa lorsqu'il entendit le bruit de ce baiser.

Taeil ouvrit des yeux ronds comme des billes.

Son premier baiser...

Prenant peu à peu conscience qu'il ne rêvait pas et pouvait fermer les yeux sans que ce geste tendre ne cesse pour autant, il laissa retomber ses paupières pour apprécier au mieux chacune des sensations exquises qu'il éprouva alors. Minho ne le détestait pas, au contraire, il l'embrassait ! Ça voulait bien dire qu'il l'aimait, n'est-ce pas ?

Taeil fut emporté par le bonheur et la tonitruante vague de soulagement qui hurlait dans tout son corps. Timidement, il osa même passer les bras autour de la taille de son aîné qui, quant à lui, avait entamé de sensuels mouvements contre ses lèvres sans pour autant chercher à approfondir ce contact si doux.

Minho en avait envie, de ce baiser. Taeil était atrocement attirant, mais se croyant hétérosexuel, il n'y avait pas particulièrement prêté attention. Pourtant, chacun des mots que son cadet avait prononcés, lui avouant courageusement son amour, lui avait fait comprendre qu'il n'avait toujours regardé que les garçons, jamais les filles. Et Taeil… il était bien trop attendrissant pour qu'il résiste. Il désirait l'étreindre, le rassurer, l'embrasser. Sa bouche était si douce contre la sienne, et même si tous deux étaient maladroits dans leur geste, qu'est-ce qu'ils aimaient ça !

Minho passa un bras autour de la nuque de Taeil, l'incitant par là à se rapprocher de lui, tandis que sa main lui caressait la joue et que son pouce s'occupait d'en retirer les larmes. Haletants, ils finirent par s'écarter. Ils avaient les lèvres rougies par cet intense baiser, et les yeux de Taeil étaient embués à la fois de la tristesse qu'il avait ressentie quelques instants plus tôt et de la joie qu'il ressentait désormais.

« Hyung... est-ce que... est-ce que tu m'aimes vraiment ? »

Yejun se boucha les oreilles, la mâchoire crispée. Il l'avait pourtant répété mille fois à Minho que s'il ne pouvait pas le voir depuis son monde, il pouvait cependant l'entendre, alors pourquoi faire ça sous son nez ? Il ne voulait pas se mêler de sa vie privée, leur relation ne le regardait pas, il détestait la sensation de s'introduire de cette manière dans la vie de son meilleur ami !

Il n'écouta pas la réponse de Minho, il garda longtemps les mains contre les oreilles, si longtemps qu'il n'était plus très sûr de l'heure. En vérité, ce n'était plus important, il ne pouvait juste pas risquer d'entendre tout ça.

Yejun lui avait pourtant dit qu'il craignait de s'immiscer dans son intimité, il savait bien que c'était pour ça que Minho n'avait jamais eu de petit ami, mais maintenant, qu'allait-il devenir ? Et si Minho ne voulait plus dormir avec lui ? Et s'il ne voulait plus rester qu'avec Taeil ?

Il n'aurait plus personne ! Il serait abandonné, et seul demeurerait le monde du dessous pour l'accueillir... mais il ne supporterait pas d'y vivre de nouveau, ce serait bien trop douloureux !

Cependant, tandis que ces pensées confuses se bousculaient dans son esprit, il crut entendre quelque chose malgré ses mains sur ses oreilles. Des appels.

« Yejun ! S'il te plaît reviens, hyung ! »

Immédiatement, il arriva sous le lit de la chambre et, quand Minho, penché pour l'attendre, le vit enfin, il poussa un soupir de soulagement. Yejun s'assit sur le matelas tandis que l'autre se plaçait debout face à lui, un sourire sur le visage.

« Putain, hyung, je t'appelle depuis dix minutes, heureusement que les voisins sont partis à une fête, ils m'auraient pris pour un fou.

— Désolé, j'étais ailleurs.

— Ailleurs ? Tu pensais à quoi ?

— Je devrais m'en aller, tu crois pas ?

— Q-Quoi ? Yejun, qu'est-ce que tu racontes ? »

Minho avait blêmi et semblait complètement perdu face à la réaction de son monstre.

« Je t'ai entendu embrasser Taeil, mais rassure-toi j'ai rien écouté de ce qui a suivi votre baiser, je voulais pas me mêler de votre relation. Minho, je sais que je deviens peu à peu de trop, alors si tu préfères que ça se passe comme ça, je suis prêt à m'en aller.

— Non, bien sûr que non, Yejun ! Je veux que tu restes ! Où t'irais, de toute façon ?

— Je sais pas.

— T'as jamais rien su, n'est-ce pas ? sourit tristement Minho. Depuis toujours, quand tu doutes, c'est cette réponse que tu me sors. Mais moi je veux que tu restes. Enfin… si c'est ce que toi tu veux aussi.

— Bien sûr, acquiesça-t-il, mais je peux pas accepter de prendre la place d'un autre.

— T'as une place unique dans mon cœur, jamais quiconque ne pourra te la prendre.

— Et Taeil ?

— Taeil c'est différent, affirma Minho, notre relation est très différente de celle que j'ai avec toi.

— Qu'est-ce qui s'est passé après le baiser ? Qu'est-ce que vous êtes l'un pour l'autre ? E-Est-ce que tu peux me le dire ?

— Il m'a demandé si je l'aimais vraiment. »

Yejun acquiesça, l'incitant à poursuivre, le cœur lourd d'inquiétudes. Si Minho et Taeil sortaient ensemble... Minho avait beau lui promettre le contraire, il savait qu'il compterait de moins en moins à ses yeux.

« Et je lui ai répondu que oui, alors on a décidé de se mettre en couple. Yejun, attends, t'as pas à te sentir de trop, je te jure ! »

Mais déjà la brume se dissipait, signe que son meilleur ami était retourné dans le monde du dessous.

« Yejun, je te promets que je vous aime tous les deux, poursuivit-il dans l'espoir que son aîné l'entende. C'est pas parce que je suis amoureux de lui que je peux pas continuer d'être ton ami. Chaton... s'il te plaît, reviens... »

La mine peinée, il s'agenouilla sur le sol et posa une main sous son lit, le cœur battant.

« Hyung s'il te plaît, j'ai besoin de te parler, alors écoute-moi : je t'ai toujours promis que je serai là pour toi, je te jure que Taeil ne nous séparera pas. On en a même parlé lui et moi, je lui ai dit que je voulais pas t'abandonner, que je tenais trop à toi pour changer quoi que ce soit à notre relation. Tae sait que je suis quelqu'un d'honnête, il m'a promis que tant que je lui jurerais que c'est lui que j'aime, il me croirait. Alors il s'en fiche qu'on vive et qu'on dorme ensemble, il sait qu'on n'est que des amis.

« Yejun, je veux pas te perdre, mais lui… il me fait tourner la tête. Il est tellement beau, tellement innocent, je peux pas lui résister. Je vous veux tous les deux : toi mon monstre adoré, et lui mon petit ami. Tu ne t'immisceras plus dans mon intimité, Yejun, et tu n'auras plus de raison de rester dans le monde du dessous : comme il sait qu'on vit ensemble, il m'a proposé qu'on se voie plutôt chez lui à l'avenir. Il passera de temps en temps, mais tu pourras être là toi aussi, comme ça tu deviendras aussi ami avec lui, t'en dis quoi ?

« S'il te plaît, hyung, réponds-moi… Je me sens bête à parler au sol sous mon lit, du coup comme je me suis assez humilié comme ça, tu veux bien revenir ? »

De nouveau, un fin nuage de brume apparut, laissant Yejun prendre place en son centre, sous le lit. Ses yeux étaient plantés dans ceux de Minho, mais…

« Pleure pas, chaton…

— Mini, qu'est-ce que je vais devenir le jour où tu ne voudras plus de moi ? murmura le petit monstre en se recroquevillant.

— Je te l'ai dit cinquante fois : ce jour n'arrivera pas.

— Mais t'as Taeil ?

— Je t'ai depuis l'enfance à mes côtés, rien pourra se mettre en travers de notre amitié. Je te promets qu'on sera toujours ensemble.

— Les promesses peuvent être rompues, je veux pas être seul, je veux pas être de nouveau condamné à rester dans l'en dessous, ça me fait peur… »

Ses sanglots redoublèrent et brisèrent le cœur de son cadet qui fit quelque chose qu'il n'avait jusque-là encore jamais fait : il se laissa glisser sous son lit d'où son monstre refusait de sortir et enroula aussitôt les bras autour de son corps pour le serrer contre lui. Yejun s'accrocha, comme désespéré, à son t-shirt, et Minho ne put s'empêcher de lui embrasser tendrement les joues, les pommettes, le front, et même le bout du nez.

« Ne crains jamais que je t'abandonne, compris ? »

Yejun étouffa un sanglot en hochant la tête doucement, sans pouvoir malgré tout empêcher ses larmes de continuer leur lente progression sur sa peau juvénile. L'abandon, le noir, la solitude, la détresse, la tristesse et l'oubli… il craignait tant que tôt ou tard Minho ne préfère rester complètement seul avec Taeil et ne le chasse, l'obligeant à retourner dans son monde pour ensuite lui interdire d'en revenir en entassant des affaires sous le lit. Qu'est-ce qu'il ferait s'il devait de nouveau se retrouver prisonnier du dessous ?

Et s'il ne pouvait plus revoir Minho, véritable soleil du dessus ?

~~~

« Yejun, viens là deux secondes. »

Avec un regard neutre, l'appelé rejoignit son meilleur ami dans le petit coin cuisine. Minho était présentement occupé à préparer le dîner avec Taeil. Les deux amoureux étaient ensemble depuis un mois, et ils avaient tenu leur promesse : Yejun ne les voyait s'embrasser que pour se saluer ou se séparer, chaque fois qu'ils désiraient un peu d'intimité ils se rendaient chez Taeil (mais ils n'étaient jamais allés plus loin que de longs câlins et des baisers passionnés). La relation entre Yejun et Minho n'avait pas changé le moins du monde.

Et pourtant, qu'est-ce que le petit monstre aurait voulu qu'elle change… En un mois en effet, il s'était rendu compte que si la solitude l'inquiétait autant, c'était parce que lui aussi avait fini par s'éprendre de Minho. Triste situation, il ne s'en apercevait que maintenant que Taeil s'était déclaré et avait obtenu son cœur. Car en vérité, il demeurait incapable de se souvenir à quand remontaient ces sentiments. Depuis qu'ils avaient décidé d'être des amoureux, quand Minho avait six ans et lui sept, rien n'avait changé : même si jeune, Yejun était bel et bien tombé amoureux de lui. Il l'avait toujours chéri, mais leur amitié était devenue si forte qu'elle se substituait à une quelconque relation. Il n'avait donc jamais rien vu avant l'arrivée de Taeil, parce qu'il ne pouvait pas concevoir que Minho aimerait réellement quelqu'un d'autre plus que lui.

Yejun était amoureux, son cœur cognait douloureusement à chacun de ses battements, et c'était bien plus terrible puisque, de peur qu'il ne se sente seul et rejeté, Minho s'assurait de prendre encore plus soin de lui qu'avant. Il craignait que son aîné n'ait la sensation d'être mis de côté, et comme il le lui avait promis, il était hors de question que ça advienne. Or, ces attentions s'avéraient beaucoup plus difficiles à supporter pour Yejun qui peinait de plus en plus à cacher ses émotions et ses sentiments.

Il avait toujours adoré que Minho le protège, l'étreigne, le serre contre lui, lui montre qu'il était tout pour lui, et même si à présent il le faisait encore, c'était différent. Parce qu'il n'y avait plus seulement eux deux. Parce que Taeil, il le câlinait, lui offrait plein de petits bisous discrets en croyant que Yejun ne les voyait pas, et lui glissait des mots tendres à l'oreille pour le faire rougir. D'ailleurs, il avait bien raison, Taeil était ravissant quand il rougissait, et chaque jour Yejun se convainquait un peu plus que finalement, Minho et son compagnon allaient vraiment bien ensemble. Ils étaient complètement fous l'un de l'autre, aucun doute.

Néanmoins, lui, ça lui brisait le cœur. Il se trouvait malveillant de souhaiter que Minho lui appartienne, car il savait que ça rendrait son ami malheureux, qu'il chérissait Taeil, pourtant l'amour possédait cette facette égoïste. Yejun voulait que ce soit lui qui tire des ricanements débiles à son brun. En vérité, même si rien n'avait changé depuis l'arrivée de Taeil, ce qui changeait, c'était la façon dont Yejun regardait sa propre relation avec Minho. Il croyait en effet qu'ils étaient liés d'une manière unique, que personne ne pourrait égaler. Or, Taeil avait fait mieux que ça : il avait surpassé ce lien. Il en avait créé un encore plus fort avec Minho, et ça en l'espace d'à peine plus d'un mois, après quoi le jeune homme avait accepté de sortir avec lui.

Ce qui blessait le plus Yejun, c'était que Minho ne percevait pas cette chose si puissante entre eux et la résumait à une simple amitié. Une puissante amitié, certes, mais une amitié. Et depuis le jour où Yejun avait vu en face de lui les deux amoureux échanger un baiser, il s'était surpris à vouloir lui aussi poser ses lèvres sur celles de son cadet. Après tout, il y avait déjà goûté pendant son enfance, mais il ne s'en rappelait plus la saveur, ni même la texture. C'était devenu trop ancien.

Il désirait le serrer tendrement dans ses bras, l'embrasser jusqu'à en être rassasié, le chérir avec une passion identique à celle que les deux amoureux exprimaient.

Si le lien qu'ils avaient mis plus de douze ans à tisser était moins fort qu'une relation qu'il n'avait fallu qu'un mois à construire, est-ce que ça signifiait que Taeil valait au moins cent quarante fois mieux que lui ?

Après tout, il n'était qu'un monstre, il n'était même pas humain, il vivait un monde de tourbe noirâtre écœurant. Minho avait beau lui avoir répété qu'il le trouvait adorable, lui il se trouvait... banal, et paradoxalement trop bizarre pour être intéressant :

des cheveux blonds de naissance, sérieusement ? Bien sûr que Minho ne souhaiterait jamais sortir avec un garçon comme lui.

Mais il l'acceptait comme ami proche, alors ça voulait dire que Yejun était quelqu'un de bien, et c'était ce qui comptait le plus pour lui : Minho l'aimait bien, passait beaucoup de temps avec lui et le réconfortait constamment. Même si ça lui provoquait chaque fois un cruel pincement au cœur, ça lui apportait quand même un peu de bonheur de savoir que celui dont il était tombé amoureux l'appréciait assez pour le serrer dans ses bras, lui embrasser les joues, et prendre le temps de le rassurer à propos de divers sujets.

Tout n'était pas sombre dans le monde d'en haut : tant que Minho était encore capable de l'accueillir à ses côtés, Yejun pourrait se contenter du peu qu'il avait.

Il essuya la vaisselle auprès de son meilleur ami et du copain de ce dernier, une vive douleur au cœur malgré tout ce qu'il tentait de se dire pour la faire disparaître. Habiter avec celui qu'on chérissait secrètement constituait un calvaire, et ça ne faisait qu'un mois : que se passerait-il si les deux jeunes amoureux décidaient de rester ensemble à vie ? De s'installer ensemble ? Ces questions ne cessaient de tourner en boucle dans son esprit…

« Tae et moi on va aller se balader, ce soir, je sais pas à quelle heure je rentrerai, indiqua Minho en servant le dîner. M'attends pas. »

Yejun afficha un maigre sourire : « j'ai pas besoin de dormir pour vivre, mais j'ai besoin de toi : est-ce que tu crois vraiment que je vais pas t'attendre ? Je serai là, sur le lit, à patienter, pathétique, jusqu'à ce que tu daignes revenir, parce que je suis maladivement amoureux de toi qui ne me vois que comme un ami, mais je m'en suis rendu compte trop tard. Alors c'est bien vrai, on ne se rend compte de ce qu'on perd qu'une fois qu'on l'a perdu… Si tu savais comme je t'aime. » Ces mots restèrent bien gentiment terrés au fond de son cœur, comme un cri muet.

« Je connais un bar sympa, ajouta Taeil, je te montrerai. »

Minho se tourna vers son petit ami et frotta avec tendresse sa chevelure châtain en signe d'approbation, tirant immédiatement un sourire au jeune garçon.

Si seulement il savait à quel point Yejun jalousait ces gestes d'affection… et à quel point il s'en voulait pour cette jalousie : Minho était heureux, ça devrait être tout ce qui comptait, alors pourquoi le bonheur de son ami ne semblait-il amener que son malheur à lui ? C'était vraiment trop égoïste, et constatant cela, Yejun se convainquait encore un peu plus qu'il n'était probablement pas quelqu'un de bien pour souhaiter ainsi s'approprier son meilleur ami aux dépens du bonheur de ce dernier.

Une fois le dîner fini, le petit couple nettoya la vaisselle et s'en alla. Yejun se laissa tomber sur le lit qu'il partageait chaque nuit avec Minho. Son ami touchait souvent Taeil, effleurant sa nuque ou bien ses clavicules du bout des doigts, ce qui provoquait le rire de son copain – ainsi que quelques frissons. Et ça aussi, Yejun voudrait bien qu'il le lui fasse. Il éprouvait la sensation que c'était atrocement injuste que Minho en aime un autre, et la culpabilité qu'il ressentait à cette jalousie se manifesta de nouveau.

Il n'en pouvait plus de les regarder, mais il ne pouvait pas s'en aller, il n'arriverait jamais à se détacher de lui, il était complètement coincé.

Yejun visionna quelques épisodes de ses dramas et animés favoris. Aux alentours de deux heures du matin, les pas irréguliers qui claquèrent dans le couloir, mêlés à des voix tremblotantes, lui indiquèrent que quelque chose clochait. Il éteignit l'ordinateur, le rangea à sa place et, alors qu'il s'apprêtait à se lever du lit pour aller voir ce qui se passait, la clé tourna dans la serrure. Sans réfléchir, Yejun disparut immédiatement.

« Chut, entendit-il Minho dire depuis le monde du dessous, Yejun doit dormir.

— Il est pas là, il a dû aller chez son pote, répliqua Taeil.

— Sérieux ? Tu crois qu'il nous a laissé la chambre ? »

Des rires éclatèrent, Yejun soupira : Minho était, de toute évidence, complètement bourré, au même titre que Taeil.

« Hyung, j'ai envie de toi...

— Putain ça fait un mois que j'attends ça, susurra le plus vieux des deux.

— Puisque ton ami est pas là et qu'on a le lit pour nous… »

Non… même sous l'influence de l'alcool, il n'allait pas oser… ?

Le bruit d'un baiser langoureux lui donna la nausée. Il attrapa son nounours blanc par réflexe tandis que ses yeux étaient agrandis et sa mâchoire serrée par la douleur qui coulait dans ses veines comme de la lave en fusion. Il pressait contre son torse la petite peluche qui symbolisait toute l'affection qu'il ressentait pour son cadet.

Ce lit était leur lien à eux, celui de Minho et Yejun, pas celui de Minho et Taeil… Ils n'avaient pas le droit de s'y aimer de cette façon.

Minho avait promis…

« Hyung, j'ai si chaud…

— T'es tellement sexy, mon cœur, retire-moi mon haut… »

Les larmes se mirent à couler sur les joues de Yejun : comment Minho pouvait-il ne pas se rappeler qu'il était là, qu'il entendait tout ? Chaque mot était un battement de plus que son cœur ratait, l'étouffant sous un chagrin qu'il ne pouvait pas contrôler, qu'il ne pouvait plus contrôler. Trop longtemps il avait gardé ses émotions pour lui seul, c'en était trop.

Yejun savait que tôt ou tard, Minho violerait une de ses promesses, et ce dernier lui avait toujours affirmé que si c'était plus que de simples bisous, ils iraient chez Taeil. Or, visiblement, l'alcool faisait oublier bien des choses.

« Han putain, grogna Taeil de sa voix grave et si particulière, oui hyung, continue… »

Les sanglots soulevaient le cœur et le corps de Yejun qui ne fut plus capable de retenir ni son chagrin ni sa colère. Il était écœuré, et il existait tant de raisons à ces douleurs atroces qui lui martelaient l'âme qu'il n'était même plus en mesure de réfléchir. Il ferma les yeux ; lorsqu'il les rouvrit, il se trouvait sous un lit dont on malmenait les ressorts du matelas. Il s'écarta discrètement avant de se lever et d'allumer la lampe. Il n'aurait pas dû : les deux amants, torses nus, étaient enlacés et échangeaient un baiser passionné tandis qu'ils se déhanchaient l'un contre l'autre. Leur pantalon ne cachait pas leur érection plus qu'avancée…

Yejun peina à contrôler sa voix brisée :

« Je vais prendre une douche dix minutes et vous en profitez pour vous envoyer en l'air sur le lit ! cracha-t-il. Non mais ça va pas ! Dégage, Tae, t'es complètement bourré !

— Justement, répliqua Minho moins éméché que son copain, comme il est bourré, vaut mieux qu'il reste ici, alors je l'ai invité à dormir à la maison, ça te dérange pas ? »

C'était un cauchemar, pitié qu'on lui dise que c'était un cauchemar !

Yejun était à ce point en colère que son corps frêle tremblait. Il ne voyait plus rien que des choses informes entourées d'un halo de lumière, son regard noisette voilé par les larmes, et il serrait les poings avec véhémence dans l'espoir qu'ainsi sa douleur s'apaiserait. Ses ongles entraient dans sa chair, mais ça importait peu : il ne pouvait pas se blesser, pas même ressentir une vague brûlure dans sa paume. Un javelot dans la poitrine lui paraîtrait moins pénible que ce qu'il endurait désormais.

« En plus, ajouta Minho, on t'a même pas entendu dans la douche. »

Ce fut la phrase de trop.

Tous les muscles de Yejun se détendirent alors qu'il lui semblait que maintenant que le vase avait débordé, il était totalement vide. Tant de sentiments venaient d'être piétinés que son cœur avait simplement cessé de fonctionner pour le protéger d'un éventuel nouveau coup dur. Ses yeux pourtant continuaient d'exprimer toute sa souffrance, et même les larmes ne pouvaient pas dissimuler ça.

« Tu n'es qu'un idiot, Minho, susurra-t-il.

— Bah pourquoi ?

— Putain, ton guignol il se pointe et toi tu tombes pour lui, alors que moi j'ai toujours été là pour toi !

— Hein ?

— Au revoir.

— Yejun… ?

— Quoi ?

— T'embête pas à refermer à clé, de toute façon j'ai que mon trousseau, j'ai pas de double. Tu reviens demain ? »

De nouvelles larmes naquirent au coin des yeux de l'aîné qui sentait que ce qui avait commencé à se briser un mois plutôt venait tout juste de voler en éclats. Sa poitrine le faisait atrocement souffrir et ses sanglots devinrent bruyants dès lors qu'il quitta la chambre de son meilleur ami. Il ne savait strictement pas où aller, il n'avait même pas enfilé de chaussures.

Il s'adossa un instant à la porte de l'appartement, le regard dirigé sur le plafond du couloir, incapable de contrôler ses larmes. Ses pleurs l'étouffaient, c'était affreusement douloureux, et néanmoins, en entendant les gémissements de l'autre côté de la porte, il trouva la force de se lever et de fuir, fuir le plus loin possible.

Il avait besoin de s'éloigner quelque temps.

~~~

« Yejun, t'es gros, tu gênes, grommela Minho en retirant le bras qui se trouvait sur son torse.

— Je m'appelle pas Yejun, gémit piteusement celui qui était étendu à côté de lui et qui ne semblait pas prêt à se lever.

— Tae ! »

Aussitôt, Minho se redressa, repoussant la couverture en un tas à ses pieds, et il toisa son petit ami à la peau hâlée qui venait de se réveiller. Il se rendit alors compte que tous deux ne portaient que leur caleçon…

« Putain mais tu fous quoi ici !

— Eh, je suis ton copain, c'est normal qu'on couche ensemble, grommela Taeil.

— Qu'on… Oh bordel je vais me faire assassiner ! On l'a vraiment fait ?

— Oui.

— Dans ce lit ?

— Oui. T'étais pourtant moins bourré que moi… ce qui explique pourquoi c'est moi qui me récolte le mal de reins… bordel.

— Mais je m'en branle de ton mal de reins ! Il est où, Yejun ! »

Taeil écarquilla les yeux à ces mots et fronça les sourcils, vexé, tout à coup bien mieux réveillé.

« Sérieux, tu te fous de ma gueule ? Je t'ai dit que j'avais mal, répéta-t-il d'un ton froid.

— Oh… Oui, je suis désolé, j'y suis allé trop fort, concéda l'autre avec plus de douceur. S'il te plaît, c'est important : dis-moi où est Yejun.

— Tu te rappelles pas ? Il était à la douche quand on est arrivés, il nous a stoppés en plein milieu des préliminaires, il a pété un câble et il s'est cassé.

— Par la porte ?

— Mec, on est au quatrième étage, tu crois quand même pas qu'il a sauté par la fenêtre… ?

— Bordel de merde, je file le chercher !

— E-Et moi ? balbutia Taeil.

— Écoute Tae, tu sais que je t'aime, mais Yejun c'est un gars tellement innocent et gentil, j-je peux pas le laisser seul, je dois le retrouver. »

Taeil savait qu'il devrait s'agacer de ce manque de considération de son petit ami à son égard, ainsi que de ses mots durs. Pourtant, au lieu d'une expression irritée, ce fut un rictus peiné qui prit place sur son visage :

« J'en étais sûr, de toute façon… c'est évident que tu l'aimes comme lui il t'aime, hein ?

— Comment ça ? s'étonna Minho en enfilant son jean.

— T'es sérieux ? Il te bouffe du regard, il rougit comme un dingue quand tu l'appelles « chaton », il sourit chaque fois que tu lui parles et il fait la gueule quand tu m'embrasses ou me témoignes la moindre marque d'affection. Et de ce que je me souviens d'hier, il a clairement essayé de te faire comprendre qu'il t'aimait depuis longtemps. Et toi, hyung… ? Tu partages ton lit avec lui, vous vivez ensemble, vous avez grandi ensemble, tu le couves sans cesse du regard, dès qu'il s'éloigne tu t'assures qu'il soit pas trop loin alors que vous êtes toujours dans le même appartement, et tu lui fais autant de bisous sur les joues que tu m'en fais sur les lèvres. Lequel de nous deux est-ce que t'aimes réellement ? »

Minho resta silencieux, confirmant les craintes de Taeil qui cependant sourit avec tendresse. Oui, il aimait Minho, il l'aimait vraiment, mais il ne pourrait pas être pleinement heureux avec lui en sachant qu'il en aimait un autre qui l'aimait en retour.

« T'es un mec bien, affirma-t-il, je me suis senti mieux que jamais avec toi. T'es tellement généreux que tu veux donner de l'amour même à un gars comme moi pour qui tu ressens rien. Si tu veux bien de moi comme ami, je serai ravi de rester à tes côtés. T'es le seul à m'avoir accepté tel que j'étais, je regrette rien de notre relation, j'ai été honoré de partager tant de moments intimes avec toi… mais depuis quelques jours, je commençais à me poser des questions et… je pense que ce serait mieux qu'on se sépare. Je vois bien que tu tiens à moi, et ça me fait plaisir, mais je suis convaincu que c'est de Yejun que t'es amoureux. Et là, je peux te dire que ton amoureux, il est furieux.

— Tae…

— Je suis désolé qu'on ait couché ensemble, on n'aurait jamais dû boire autant, mais comprends-moi, pour une fois que j'allais en soirée avec quelqu'un, mon petit copain en plus… J'ai pas réfléchi, j'aurais dû me douter que ça blesserait Yejun, j'avais bien vu que vous étiez trop proches pour être amis.

— C'est moi qui devrais m'excuser auprès de Yejun et toi, soupira Minho en finissant de se préparer. Toi, t'as été le petit ami rêvé, Tae, je suis désolé de pas l'avoir été, moi aussi. Tout est de ma faute, mais sache que je t'aime énormément.

— T'inquiète, ça va. Par contre, je vais prendre mon temps avant de me lever, ça te dérange pas ? grimaça son cadet. J'ai grave mal, t'y es pas allé de main morte.

— Désolé. Je te laisse les clés, fais-toi à manger, profite : c'est dimanche, après tout.

— Merci, Minho. Maintenant va le chercher. »

Le jeune garçon acquiesça et fila au plus vite. Il se maudissait un peu plus à chacun de ses pas : comment avait-il pu ignorer que Yejun était amoureux de lui ? Et maintenant qu'il y songeait, c'était pourtant si évident qu'il en avait envie de se frapper. Toutes ces fois où Yejun s'était serré contre lui, où il lui avait réclamé des étreintes, toute cette bienveillance à son égard, le bisou du soir qu'il continuait de lui offrir et sa joie quand Minho le lui rendait. Il avait été stupide, tellement stupide.

Mais où Yejun pouvait-il être allé ? Il ne connaissait rien de la ville…

À part le supermarché.

Minho fila au pas de course devant la supérette, et il eut beau demander aux caissiers si, en venant pour son service, il n'avait pas croisé un blondinet tout de blanc vêtu, il n'avait rien obtenu. Yejun demeurait introuvable.

Complètement affolé à l'idée que son chaton tombe sur une âme malveillante, il déambula dans les rues, mais aucune trace de son petit monstre.

Alors la panique se mua en douleur, la douleur en regret, et le regret et tristesse. Il finit par s'adosser au mur d'une allée peu empruntée et lâcher toutes les larmes de son corps. Il avait été bête, et à cause de lui, toute la confiance que son ami avait en lui s'était effondrée en un instant, en une nuit.

S'il arrivait quelque chose à Yejun, jamais il ne se le pardonnerait.

Le visage éprouvé par la peine, il franchit le seuil de son appartement avec le vain espoir d'y trouver son petit monstre adoré, mais c'était Taeil à la cuisine, occupé à préparer le déjeuner.

« Du nouveau ? s'inquiéta ce dernier.

— Non. Et j'imagine qu'il est pas passé ici ?

— Non, confirma Taeil. Je suis désolé.

— T'y peux rien, je te l'ai déjà dit : c'est entièrement ma faute. Je me sens tellement mal…

— Je suis sûr qu'il reviendra. Par contre… j'espère que tu m'en voudras pas, mais comme tu revenais pas, j'ai un peu fait le ménage. Promis, j'ai pas touché à tes peluches, mais je savais pas que t'en avais autant, j'ai trouvé ça mignon. T'avais pas à les cacher sous ton lit tu sais ? » le taquina Taeil avec malice.

Minho leva brusquement son regard vers lui. Ses prunelles reflétaient toute son angoisse, toutes ses craintes, toute sa douleur. Yejun, ses peluches… il lui avait donné tous ses doudous… parce qu'il savait qu'il serait triste ?

« Et… quand j'ai refait le lit, j'en ai trouvé une aussi : comme t'avais rabattu la couette d'un coup ça l'avait recouverte. Je me suis dit que ça devait être ta préférée, alors je l'ai laissée sur les draps. »

Le jeune garçon pointa du doigt le lit parfaitement fait, et Minho ne put réprimer un sanglot en voyant, entre les coussins, un adorable ourson blanc qui fixait le vide et arborait un sourire rassurant.

Yejun ne reviendrait pas…

~~~

Si ça n'avait été que la douleur de perdre son grand amour, Minho l'aurait sûrement mal vécu pendant quelques jours. Néanmoins, ça allait bientôt faire une semaine que Yejun était parti, et la douleur de le perdre avait rapidement été remplacée par la crainte qu'il ne lui arrive quelque chose de grave. Après tout, son chaton ne connaissait pas le monde, il en avait même peur, et tout ce que son cadet espérait désormais, c'était que Yejun allait bien. Minho se rendait malade à imaginer tout et n'importe quoi. Il ne se le pardonnerait jamais si quelque chose advenait.

Il s'en moquait que Yejun ne revienne que pour lui hurler dessus et l'accabler, mais il avait besoin de savoir qu'il était en bonne santé. Il pensait d'abord à la santé de son meilleur ami, laissant la sienne se mourir lentement. Rongé par les remords, en effet, il ne pensait qu'à Yejun, pas à lui-même.

Il passait une grande partie de son temps dans son lit, l'ourson blanc dans ses bras pour se consoler de ses erreurs. Toute la semaine, Taeil lui avait apporté les cours et avait veillé sur lui. L'étudiant avait beau savoir que Minho ne ressentait plus rien pour lui et n'avait probablement jamais vraiment ressenti d'amour, il savait en tout cas que son aîné demeurait un garçon en or. Il prenait donc soin de lui, s'assurant qu'il mangeait assez et travaillait correctement ses cours : Minho l'avait aidé quand il était au plus mal, c'était à son tour de lui rendre la pareille.

« Si tu savais comme j'ai peur pour lui, souffla Minho dans un sanglot. Il a nulle part où aller.

— Même pas chez son pote chez lequel il allait parfois ?

— Non, je lui ai posé la question. »

Oh ça oui, combien de fois Minho avait-il retiré toutes les peluches sous son lit pour appeler Yejun avec l'espoir qu'il était simplement dans le monde du dessous… ? Et toutes ces fois il s'était retrouvé en larmes à serrer ces mêmes peluches, constatant que Yejun était bel et bien parti. Son Yejun, celui qui l'avait accompagné depuis toujours et qui, sans le savoir, avait rendu sa vie tellement plus belle que ce à quoi elle aurait dû ressembler.

Pourquoi était-ce au moment où il le perdait qu'il se rendait enfin compte de ses sentiments ?

Cruelle ironie…

« Hyung, t'as des cernes affreux. Tu dors bien, au moins ?

— Il pourrait revenir dans la nuit, et si je l'entends pas toquer, je pourrai pas lui ouvrir. Je laisse la porte ouverte la journée, mais une fois le soir venu je préfère fermer. »

Jamais Minho n'avait été si affligé, et les nombreux scénarios dignes d'un film d'horreur qui gravitaient dans son esprit ne l'aidaient pas à aller mieux... Si Yejun ne revenait pas, que deviendrait-il ? Il était en train de se faire dévorer par la culpabilité, il ne tiendrait pas très longtemps dans cet état.

Minho en effet ne dormait presque plus depuis une semaine, il récupérait son sommeil en somnolant régulièrement plusieurs minutes. Or, ça ne suffisait pas : il était épuisé, et le fait qu'il mange également très peu le rendait particulièrement faible. Il peinait ne serait-ce qu'à se lever.

Taeil s'apprêtait à répliquer quand la porte s'ouvrit tranquillement, comme si celui qui la poussait savait qu'elle ne serait pas verrouillée.

« Yo, Mini, chaton est rentré. »

La mâchoire de Taeil se décrocha lorsqu'il vit Yejun faire cette entrée plus... qu'inattendue, toujours aussi beau, pas le moins du monde marqué par une quelconque tristesse. D'ailleurs, quand Yejun aperçut Taeil, son visage jusque-là calme et serein se ferma.

« Oh je vois, vous étiez occupés, soupira-t-il. Vous dérangez pas pour moi, je...

— Hyung... »

Il releva son regard sombre pour croiser les yeux désespérés de Minho qui se leva du lit pour venir se planter à quelques mètres de lui, les prunelles brillantes d'un étonnement mêlé de peine, le teint livide. Aussitôt, Yejun fronça les sourcils sans comprendre pourquoi il semblait si mal en point, et instinctivement il baissa les yeux pour découvrir ce que son meilleur ami tenait entre ses bras et qu'il serrait fort contre sa poitrine. Ses iris noisette s'agrandirent sous la surprise.

« C'est vraiment toi, susurra Minho. Yejun, je voulais… »

Ses paupières papillonnèrent, il lâcha le petit ourson en peluche qu'il gardait tout contre son cœur. Yejun réagit le premier, il se précipita à son chevet, le retenant alors qu'il était sur le point de s'effondrer. Minho paraissait à bout, ça faisait peine à voir.

« Où tu l'as eu ? lui demanda son aîné. Pourquoi t'as mon ourson ? Et qu'est-ce qui s'est passé ?

— Je croyais que c'était toi qui l'avais laissé en guise d'adieux, souffla Minho.

— Je t'ai dit « au revoir » crétin, ça impliquait que j'allais revenir. Je voulais juste oublier les images de Tae et toi en train de… berk, j'ai pas réussi à les oublier.

— Elle était sur le lit le matin qui a suivi ton départ, indiqua Taeil, et une multitude d'autres se trouvaient sous le lit.

— Hum.

— Fais pas la gueule, on a rompu. Je suis juste là pour m'assurer qu'il fasse pas de connerie. Il se laisse littéralement mourir depuis que t'es parti. »

Les bras croisés sur son torse, adossé au bureau, Taeil contemplait les deux amis d'enfance pendant ces retrouvailles particulières. D'un côté, il en voulait à Yejun d'avoir disparu sans donner le moindre signe de vie pendant sept longues journées. Toutefois, d'un autre côté, il ne pouvait pas être en colère au vu de la façon dont ses sentiments avaient été piétinés la nuit de sa fugue.

« Tu restes avec lui ? s'enquit donc le benjamin.

— Ouais, je comptais pas repartir.

— Dans ce cas je vous laisse vous expliquer, on se revoit en cours, Minho, rétablis-toi vite. »

Agenouillés sur le sol, les deux garçons se fixaient et, quand la porte fut fermée derrière Taeil, Yejun prit son cadet dans ses bras, le serra dans une puissante étreinte que son ami lui rendit faiblement. Il s'en voulait de l'avoir mis dans un état pareil, il n'avait pas imaginé que Minho pourrait s'inquiéter pour lui, il avait songé qu'au contraire, il serait heureux de pouvoir profiter d'une semaine seul à seul avec son amant…

« Pourquoi t'as cru que je ne reviendrais pas ? De toute façon j'avais pas le choix, j'ai nulle part où aller.

— T'étais où tout ce temps ? demanda Minho d'une voix faible.

— Je marchais et je réfléchissais.

— Pourquoi t'es parti si longtemps ?

— Je pensais que tu serais content d'avoir un peu d'intimité pour une fois.

— Bordel, mais j'en ai tellement rien à foutre de l'intimité, arrête avec ça.

— Ouais, enfin je te rappelle que j'étais aux premières loges pour votre concert de gémissements à ton mec et toi.

— Mon ex, le corrigea Minho, et désolé, j'étais bourré… Je m'en veux, je m'en veux tellement, j'avais conscience de rien, tout était brouillé. »

Il serrait entre ses doigts le t-shirt immaculé de son meilleur ami, le cœur lourd de remords, et Yejun passa la main dans sa chevelure brune avec l'espoir de le calmer, de le rassurer.

« Ça je le sais. C'est aussi pour ça que je me suis fait une raison, t'étais pas vraiment conscient de ce que tu faisais.

— Hyung, j'ai eu si peur qu'il t'arrive quelque chose.

— À cause de mes bras en cure-dents ? sourit Yejun.

— Oui, et de ton visage magnifique qui attirerait n'importe qui. »

L'aîné rougit, les bras toujours enroulés autour du corps de Minho pour lui permettre d'avoir un appui. Le cadet passa sa main devenue pâle sur la joue de son meilleur ami tandis qu'un sourire tendre prenait place sur ses lèvres et que de nouvelles larmes coulaient sur ses pommettes.

« J'ai été tellement con, si tu savais comme je m'en veux.

— Tu vis ta vie, répondit Yejun avec une amertume qu'il tentait de cacher, c'est bien normal et je serais égoïste de te l'interdire. Mais la prochaine fois que tu te taperas quelqu'un, pense seulement à me prévenir, histoire que je m'en aille.

— Non, je ne veux plus que tu t'en ailles, plus jamais. »

Dans des gestes faibles, témoignages de sa semaine harassante, Minho enroula les bras autour de la nuque de Yejun pour ensuite venir poser la tête dans le creux de son cou. Son chaton sentait toujours aussi bon… Il abandonna sur sa peau quelques baisers, remonta sur le visage du petit monstre et planta son regard dans le sien.

« J'ai été tellement aveugle que j'ai passé ma vie à me poser des questions sur l'amour sans me rendre compte que je l'avais trouvé depuis bien longtemps… »

Yejun plissa les yeux de façon tendre, il lâcha un doux éclat de rire à cette phrase tout à fait mièvre. Il avait tant rêvé que Minho lui murmure ces mots que désormais, il peinait à y croire. Son cœur était allégé, il se sentait heureux, si heureux d'être revenu. Il lui embrassa le front avec délicatesse, comme si les évènements de ces dernières semaines n'avaient jamais existé – comme s'il n'y avait toujours eu qu'eux deux.

« Mini, t'es crevé et je t'ai un peu manqué, déclara-t-il avec un rictus aimant, mais dis pas de connerie. »

Le cadet poussa un gémissement d'inconfort quand son aîné se releva et l'obligea à enrouler les jambes autour de sa taille. Cependant, il prit goût à la position et, les bras toujours autour de sa nuque, il replaça la tête dans son cou, manquant presque de s'endormir immédiatement. Le soulagement venait de lui ôter du cœur un poids monstrueux, mais il n'y croyait pas, c'était trop incroyable pour être vrai.

Yejun ferma la porte puis porta non sans difficulté son ami jusqu'à leur lit.

« Les draps ont été changés, susurra Minho, on n'a rien fait dans ceux-là.

— Bah encore heureux, manquerait plus que je revienne et que je trouve tes draps arrosés de sperme. »

Ce fut au tour de Minho de rire doucement. Puis, sentant le matelas sous lui, il lâcha son étreinte et détendit complètement ses muscles, serein, avec la sensation qu'il allait enfin pouvoir profiter d'un vrai sommeil – une semaine qu'il ne dormait que par intermittence, il avait hâte de pouvoir s'assoupir avec son chaton. Pourtant, il voulait rester éveillé, il voulait lui dire tout ce qu'il avait sur le cœur. Il y avait tant à avouer, il ne savait même pas par où commencer. Ses paupières qu'il essayait d'ouvrir papillonnaient et ses lèvres tremblaient légèrement.

« Mini, lutte pas, dors. »

Tandis qu'il murmurait ces mots, Yejun passait une main affectueuse sur sa joue, l'incitant à fermer les yeux par ce geste délicat.

« Non… Je veux pas dormir, pas sans mon bisou de bonne nuit… Il m'a tellement manqué cette semaine… »

Yejun le regarda avec dans les prunelles ces étoiles qui prouvaient qu'il était désespérément amoureux ; il avança son visage vers celui de son cadet qui crut un instant que sa respiration s'était coupée, puis il sentit ses lèvres se poser tendrement sur son front. Yejun s'y attarda avant de s'écarter d'un geste lent et de susurrer :

« Bonne nuit, Mini, fais de beaux rêves.

— Bonne nuit... »

~~~

« Min-ah, bouge de là, je sais que je t'ai manqué mais quand même, un peu de pudeur quoi... »

Un grognement répondit au monstre qui esquissa un sourire : son cadet s'était endormi immédiatement après le petit bisou qu'il avait reçu, et quand Yejun était venu se coucher auprès de lui, Minho l'avait attiré tout contre son corps avant de s'assoupir. Or, il avait eu un sommeil agité, si bien que désormais, Yejun était allongé sur le dos, avec sur lui son ami très confortablement installé : il avait la tête dans son cou, son torse contre le sien (heureusement qu'ils portaient leur pyjama), et Minho avait les jambes écartées et placées de part et d'autre de celles de son aîné. Certes, ce dernier n'était pas humain, mais il existait certaines choses que les deux espèces avaient en commun, et l'excitation en faisait partie.

Autant Yejun n'avait pas été particulièrement gêné pendant la nuit, autant maintenant que l'autre commençait à se réveiller et bougeait un peu plus, ça devenait gênant... fort gênant...

« Minho, lève-toi.

— Je peux pas…

— Et pourquoi donc ?

— Parce que sinon tu vas voir que je bande…

— Donc je dois attendre que ça redescende, résuma Yejun.

— Ou sinon tu peux t'en occuper, hein.

— Non merci, on va attendre sans bouger. »

Minho obéit, trop bien contre son aîné pour en vouloir plus ; l'innocence de leurs étreintes lui avait manqué, tout chez lui lui avait manqué. Les minutes qui passèrent pendant qu'ils étaient ainsi enlacés furent les plus agréables depuis bien longtemps pour le brun qui se complaisait à embrasser la clavicule en partie dénudée de son ami. Il l'aimait tant…

« Chaton… ?

— Non Minho, je ne te branlerai pas.

— Je voulais juste te dire que Taeil et moi, c'est fini.

— Je sais, il me l'a dit.

— Je m'en veux, j'ai été stupide, tellement aveugle ! Mais c'est toi que j'aime, c'est toi que j'ai toujours aimé. Tu veux bien être mon amoureux ? demanda-t-il avec une tendre timidité dans la voix.

— Seulement si tu me dis vraiment comment t'as eu mes peluches.

— Je sais pas, je te l'ai dit : elles sont apparues comme ça, pouf, par magie. »

C'était probablement quand ils avaient cru sentir tous deux leur lien se briser que l'en dessous avait connu cette fracture qui avait renvoyé les objets dans l'au-dessus. Ou bien Yejun les avait apportés dans sa colère en sortant de sous le lit pour hurler sur le couple. Il ignorait la véritable raison de la présence de tous les cadeaux faits par son ami ici, mais une chose était sûre : il aimait bien l'importante masse de doudous désormais au bout du matelas, au niveau de leurs pieds.

« Alors tu me pardonnes d'être idiot ? s'enquit Minho avec une moue adorable qu'il leva vers Yejun, la joue toujours posée contre son torse.

— Bien sûr, t'étais déjà pardonné tu sais, c'est moi qui ai mal réagi, t'as bien le droit de te taper qui tu veux.

— Pas alors que j'aurais dû voir que tu m'aimais… Et surtout pas dans notre lit, c'était immonde…

— J'avoue, t'as un peu merdé.

— Et du coup, comme je t'ai dit comment j'ai eu tes peluches, on peut sortir ensemble ?

— Ouais, ouais.

— T'as pas l'air convaincu.

— Je repense à Taeil…

— Toi aussi tu le trouves craquant ? plaisanta-t-il.

— Au lieu de dire des conneries, t'as enfin fini de bander ?

— Mais qu'est-ce que tu racontes enfin, je bandais pas, sourit malicieusement Minho. En revanche, j'ai eu droit à dix minutes de rab au lit avec mon chaton !

— Mais putain, quel emmerdeur, sérieux, pourquoi je suis revenu, moi… ? »

Yejun avait beau dire, dès qu'il baissa les yeux, il se rappela pourquoi il était rentré : pour voir Minho se réveiller comme ça tous les jours, avec sa petite bouille adorable et ses cheveux en bataille. Pour le voir sourire sans cesse. Pour l'écouter débiter des sottises à longueur de journée et en rire naïvement avec lui. Et il n'avait pas prévu que Minho voudrait finalement sortir avec lui, il avait pensé revenir et trouver le couple tranquillement installé en train de dîner. Ainsi, même s'il semblait las du comportement de son meilleur ami, Yejun était en vérité ravi de le retrouver tel qu'il l'avait connu, son Minho.

« Je peux avoir un bisou ? demanda alors le plus jeune d'un ton quémandeur.

— Je sais pas si tu le mérites…

— T'as bien raison, souffla Minho d'un air triste, je le mérite pas… je te mérite pas. Yejun, je regrette tout ce que je t'ai fait, je t'aime énormément, bien plus que quiconque, parce que depuis toujours, y a que toi qui… »

Il fut stoppé dans son discours quand le petit monstre avança son visage vers le sien pour cueillir ses lèvres avec une telle délicatesse que ce contact ne fut pas sans rappeler les innocents baisers qu'ils échangeaient alors qu'ils n'étaient encore que des enfants.

C'était le meilleur bisou du monde, et chacun trouvait la bouche de l'autre d'une douceur à couper le souffle, c'était divin. Les mains du cadet posées sur le torse de l'aîné et celles de ce dernier dans le dos de son amoureux, ils demeuraient immobiles, envoûtés par la magie de ce moment où, après des années d'ignorance, ils se rendaient enfin compte de leurs sentiments réciproques.

« Je t'aime Minho-ah, souffla Yejun contre ses lèvres.

— Et moi je t'aime encore plus. Depuis que tu m'as fait comprendre que dans la plus profonde obscurité pouvait se cacher la plus belle des lumières, je t'aime, petit monstre… »

Le garçon fleur

Junwoo réprima un grognement dépité. « Pas assez d'émotions ». Comment ça, pas assez d'émotions ? Est-ce que c'était une blague ?

« Hyung, sois honnête : est-ce que mes tableaux sont froids ? »

Il prononça cette question en se passant une main rageuse dans ses cheveux bruns, avec un ton si agacé que Kyunghoon se sentit agressé et n'osa d'abord pas répondre.

Les deux jeunes gens se trouvaient dans l'atelier de Junwoo. Il s'agissait d'une petite pièce qui avait longtemps servi de local à vélos : située au rez-de-chaussée d'un haut immeuble, elle s'ouvrait sur l'extérieur grâce à deux larges baies vitrées à travers lesquelles on pouvait admirer la cour. L'atelier était parfaitement rangé, tout était à sa place et il s'en dégageait une impression agréable de sérénité. De nombreuses toiles et des dessins tout aussi nombreux ornaient les murs ou bien étaient disposés de sorte à ne pas trop encombrer une décoration qui se révélait sobre. Plusieurs étagères se dressaient contre les murs, débordantes de matériel d'art, de carnets et de livres en tous genres.

Aux yeux de Junwoo, c'était là son paradis. Il y venait même lorsqu'il ne peignait pas, et ce n'était pas l'absence de climatisation et de radiateur qui l'empêchait de s'y rendre jour après jour.

La petite pièce lui avait été cédée par la propriétaire de l'immeuble dans lequel Junwoo louait un studio étudiant au deuxième étage. La propriétaire justement, c'était une dame âgée qui s'était entichée de ce garçon qu'elle regardait comme son fils, sans doute parce qu'elle ne s'était jamais réellement remise de la mort prématurée du sien, alors qu'il avait à peine l'âge qu'avait Junwoo aujourd'hui.

Brillant élève en première année d'une école d'art réputée, Junwoo était un jeune homme assidu, travailleur, courtois et profondément bienveillant. Il s'était attiré la sympathie de la vieille propriétaire aussi rapidement qu'elle s'était attiré la sienne.

Pour ce qui était de ses études, Junwoo n'avait rien à envier à quiconque : il était le plus doué de sa promotion, c'était incontestable. Ses toiles paraissaient si réelles qu'on pourrait tenter d'y passer les doigts pour s'assurer que le fruit peint n'était bel et bien qu'une insaisissable image.

Malheureusement, un même commentaire revenait de plus en plus fréquemment au sujet de ses œuvres : elles ne dégageaient aucune émotion. Si au début Junwoo n'y avait pas prêté grande attention, songeant que c'était sans doute parce que le sujet du devoir ne l'avait pas particulièrement intéressé, il s'était peu à peu rendu compte que ce reproche lui était régulièrement adressé.

C'en était devenu obsédant : quoi qu'il fasse, ses tableaux étaient dits dénués de toute chaleur.

Kyunghoon, voisin de palier de Junwoo avec qui il s'était rapidement lié d'amitié, fit la moue et haussa finalement les épaules avec une mine hésitante.

« Bah en même temps, bredouilla-t-il de crainte de le vexer, c'est pas totalement faux…

— Hein ? Mais c'est quoi qui donne cette impression ?

— J'en sais rien, c'est pas moi l'artiste… mais oui, c'est vrai que… c'est froid.

— Putain mais j'y comprends rien : j'adore cet endroit, comment je peux le peindre de manière froide ? »

Sur la toile qu'ils fixaient désormais tous les deux, un superbe paysage s'étendait sous un ciel d'un bleu magnifique. C'était le premier parc dans lequel s'était rendu Junwoo en arrivant à Séoul, un lieu qu'il avait aussitôt aimé et dans lequel il retournait souvent. Il s'y était perdu ces derniers jours pour y dessiner la nature qui renaissait – car le printemps était décidément une saison splendide. Alors comment son tableau pouvait-il paraître encore dénué d'émotions ?

« Eh tu sais quoi ? Ça me fait chier, râla Junwoo en reposant ses pinceaux. Sérieux ils veulent quoi ? Que je peigne avec mes larmes ? Là y aura des émotions, au moins !

— Jun, calme-toi.

— Mais merde, hyung, j'allais être major de ma promo ! Si au prochain devoir j'ai pas la meilleure note, je vais me faire griller par le deuxième !

— Et alors ? Être deuxième, c'est super aussi.

— Pas quand je rate la première place à cause d'une putain d'histoire d'émotions ! Toi, tu fais comment pour écrire des raps touchants ? Tu les y mets comment, tes émotions, dans tes textes ?

— J'écris avec un cœur sincère ? proposa Kyunghoon malgré une moue dubitative.

— Aish, c'est niais, je vais aller gerber des arcs-en-ciel si ça continue. »

Le visage écœuré de Junwoo fit sourire son aîné qui lui donna un coup d'épaule amical. Kyunghoon pour sa part était un simple employé de la poste. Il avait stoppé ses études par manque de moyens et avait décidé de travailler à la place. Il espérait néanmoins pouvoir tôt ou tard reprendre le cursus de littérature qu'il avait été contraint d'abandonner et continuait de lire régulièrement de nombreuses œuvres de tous horizons.

Outre son intérêt pour la littérature, le jeune homme était, comme l'avait souligné Junwoo, un passionné de rap. Il écrivait, composait, arrangeait, et avait souvent été complimenté pour ses travaux. Aujourd'hui, Junwoo lui enviait ce commentaire qu'il recevait : « c'est extrêmement touchant ».

Car les tableaux de Junwoo, ils impressionnaient, ils laissaient muets d'admiration, mais ils n'émouvaient pas. Ils étaient dénués de ce quelque chose qui bouleversait l'âme. Et ça, ça rendait Junwoo complètement dingue.

Tous ses efforts pour être le meilleur, réduits à néant à cause d'une putain d'émotion.

« Tu m'avais pas dit qu'un de tes profs voulait te parler demain, justement au sujet de tes peintures ? reprit Kyunghoon en regardant son cadet ranger son matériel.

— Si, d'après lui il a un travail à me proposer, un genre de devoir bonus : si je réussis, ça ferait remonter ma moyenne juste assez pour que je sois premier, sinon il ne comptera tout simplement pas ma note, du coup ça changera rien et je finirai deuxième.

— C'est un peu l'épreuve de la dernière chance.

— Voilà. Mais je sais bien ce qu'il va me demander, sauf que visiblement, j'en suis pas capable.

— Pars pas si défaitiste, Jun, si ça se trouve tu vas l'avoir, ton miracle, et tu vas décrocher cette première place. »

Junwoo opina. Il avait travaillé si dur toutes ces années pour perfectionner sa technique en même temps qu'il suivait ses cours… Si seulement il pouvait avoir, pour une fois – ne serait-ce qu'une fois –, cette étincelle de génie qui lui offrirait le haut du classement.

Ses parents se rendraient enfin compte que l'art était bel et bien le domaine dans lequel ils devaient le laisser s'épanouir.

« Je suis fatigué, soupira Junwoo lorsque son atelier fut rangé, je vais rentrer.

— Ça marche, passe une bonne soirée. »

Ils quittèrent ensemble la pièce que Junwoo referma comme toujours soigneusement derrière lui.

~~~

Le lendemain soir, lorsque Junwoo lui ouvrit la porte de son appartement, Kyunghoon fut surpris de le trouver en train de fulminer.

« J'aurais cru te voir à ton atelier en train de t'atteler à ce fameux projet bonus, admit l'aîné lorsque l'autre le laissa entrer.

— Ce fameux projet, ricana Junwoo d'un ton ironique. Ouais, meilleur projet de ma vie d'ailleurs, à croire que mon prof veut pas que je sois premier.

— Comment ça ?

— Je savais qu'il allait me demander un tableau capable d'émouvoir, mais tu sais ce qu'il veut que je peigne ?

— Quoi donc ?

— Une fleur ! Une putain de fleur ! Tu transpires des yeux, toi, quand tu regardes une marguerite ? Parce que moi non, ça a rien d'émouvant ! C'est juste joli et mignon, avec des couleurs sympas à reproduire, mais c'est pas touchant ! Sérieux, il veut quoi ? Que je foute une fleur au milieu d'un décor sombre et que je peigne un pétale qui tombe ? Comme ça on pourra dire « oh la la la pauvre fleur, elle a perdu un pétale, ça montre la souffrance, la solitude, l'espoir qui se meurt », bouh je vais chialer, super ! »

Assis en tailleur sur son lit, les bras croisés et les joues gonflées en une moue boudeuse, Junwoo avait gesticulé pendant toute sa tirade et arborait désormais l'air d'un enfant que l'on venait de punir. Kyunghoon ne put retenir un éclat de rire face à ce discours.

« Si la fleur est supposée être peinte sur le tableau, je pense que t'es pour autant pas obligé d'en faire nécessairement l'élément central, répliqua-t-il amusé. Te prends pas la tête, je suis sûr que tu trouveras une idée brillante. Il te faut juste de l'inspiration : va observer la nature dehors, ou bien sur internet. Tu trouveras quelque chose, faut y croire.

— Tss laisse tomber, en plus il m'a laissé deux semaines. J'aime prendre mon temps quand je dessine, je suis pas comme les autres qui font ça jour et nuit.

— Pourtant je me souviens que parfois je te trouvais encore dans ton atelier en plein milieu de la nuit.

— Ouais, bah plus maintenant.

— Pourquoi ?

— Je sais pas, j'ai juste plus envie de m'épuiser comme j'ai pu le faire par le passé. J'ai foutu des journées et des nuits entières en l'air à dessiner, peindre, et tout ça pour qu'après on me dise quoi ? Que je n'y mets aucune émotion. Alors que j'y mettais toutes mes tripes ! Autant j'aime toujours être dans mon atelier à bosser, autant il n'est plus question d'y passer mes nuits.

— Je vois... réfléchis-y quand même. Essaie de trouver l'inspiration et, si ça vient pas, dans ce cas tu pourras te permettre de même pas t'atteler au croquis. Mais abandonne pas tout de suite, je suis sûr que tu peux y arriver.

— T'es bien le seul… »

Kyunghoon tenta de le réconforter comme il pouvait avant de finalement lui souhaiter une bonne soirée et de le laisser. Le lendemain était un samedi ; Junwoo songea qu'il pouvait bien passer l'après-midi à se promener dans Séoul, que ce soit dans des jardins ou bien chez différents fleuristes.

Après tout… Kyunghoon avait raison : il n'avait rien à perdre à essayer.

Ce fut ainsi que le jour suivant, Junwoo se rendit sans grande envie au parc le plus proche de chez lui. Il avait amené un appareil photo qu'il gardait toujours dans son atelier, alors même qu'il ne ressentait rien d'autre que de la lassitude : il savait que c'était sans espoir, et cette conviction l'empêchait d'éprouver la moindre joie à l'idée de consacrer les heures à venir à ce travail.

Sans doute au fond de lui croyait-il malgré tout en un miracle, raison pour laquelle il se promenait désormais le long d'une allée de graviers bordée de massifs de fleurs. Un seul mot lui venait à l'esprit lorsqu'il observait ces plantes qui se succédaient et offraient aux regards leurs couleurs éclatantes. Un seul mot auquel Junwoo se désespérait de songer.

Ennuyeux.

Oui, tout ça l'ennuyait. Et si ça l'ennuyait, comment pouvait-il provoquer la moindre émotion à travers son art ? Ce devoir était un fardeau qui l'accablait, il n'arrivait pas à y trouver une once de plaisir et il avait parfaitement conscience que c'était ce que ressentirait son professeur en contemplant sa toile – si d'aventure Junwoo se décidait à en peindre une.

Les fleurs étaient splendides, mais Junwoo s'en moquait éperdument, elles lui semblaient d'une affligeante banalité alors même que c'était cette banalité qu'il avait longtemps aimé représenter. La nature, les scènes du quotidien, les rues qu'il traversait fréquemment : il s'agissait là des sujets des dessins qu'il réalisait lorsqu'il était petit, et il voyait dans ces gribouillis d'enfance une naïve douceur qui l'émouvait chaque fois qu'il les regardait.

Est-ce que cette émotion avait déserté son art quand il avait commencé à tout mettre en œuvre pour parfaire sa technique ? C'était une question que Kyunghoon avait soulevée quelques semaines plus tôt, une question que Junwoo s'était lui aussi posée. Le réalisme était sans doute le style qu'il admirait le plus, qu'il trouvait le plus proche de la perfection, pour autant... il y manquait quelque chose. Junwoo n'avait pas la moindre envie de changer sa technique, mais il voulait l'améliorer pour ajouter au réalisme froid cette touche de chaleur qui lui faisait cruellement défaut.

Dans un ronchonnement agacé, Junwoo se laissa tomber sur une pelouse que le soleil printanier s'était fait un devoir de réchauffer par ce bel après-midi d'avril. Abattu, l'étudiant se sentait à mi-chemin entre exaspération et désespoir. Il était las, las au point qu'il songeait déjà à baisser les bras pour les ouvrir à cette deuxième place qu'il méprisait pourtant.

Un regard à sa montre lui permit de constater qu'il était à peine trois heures. Il lui restait du temps, si bien que dans un élan dont il ignorait l'origine, il se redressa et tenta de se redonner courage. Malheureusement, rien n'y fit.

Il enchaîna avec la visite de plusieurs fleuristes ; ça se révéla tout aussi inutile. Pire, à force d'en voir à foison, il finissait par haïr ces plantes qui avaient pour seul tort d'exister. À moins de vouloir exprimer de la colère et de la frustration, impossible pour le jeune peintre de faire ressentir quoi que ce soit à travers sa toile.

Dépité, il errait désormais plus qu'il ne se promenait. Les rues lui paraissaient toutes semblables, changées par ses idées noires en de longs couloirs obscurs et sans fin qu'il traversait sans en avoir réellement conscience. Il avançait avec l'impression qu'il s'enfonçait dans les abîmes de sa propre mélancolie.

Une impasse l'obligea à s'arrêter. Le soleil déjà commençait à se coucher et sans doute les lampadaires ne tarderaient-ils plus à s'allumer. Junwoo leva les yeux sur la boutique qui se dressait devant lui, et son visage prit un air dubitatif lorsqu'il vit la pancarte qui en portait le nom. La Boutique Enchantée.

Les vitrines ne montraient rien de l'intérieur du magasin, caché par des rideaux élégants, et la porte en bois était décorée d'un charmant panneau qui en indiquait les horaires. Junwoo fut surpris d'y lire que le petit commerce était ouvert.

Il lui parut évident, au vu de son nom, qu'il s'agissait d'une boutique de magie – la façade de plus dégageait quelque chose de mystérieux, ambiance qui correspondait à une telle théorie.

Et malgré son impression étrange, indescriptible, Junwoo poussa timidement le battant, jetant d'abord un œil dans le fin espace que lui offrait l'entrebâillement. Il fut étonné d'y apercevoir une table basse encadrée de sièges confortables et sur laquelle se trouvaient des tasses de porcelaine. Curieux de nature, il ouvrit complètement la porte pour entrer non pas dans un magasin de magie mais un salon de thé – désert d'ailleurs, car Junwoo était seul ici.

Son regard se promenait un peu partout, l'endroit dégageait une chaleur agréable et réconfortante : les couleurs boisées dominaient, tout semblait si douillet qu'on aurait pu se croire chez soi alors même que c'était la première fois qu'on y mettait le pied, et le silence accentuait encore cette sérénité délicieuse. Junwoo tourna les yeux pour découvrir que l'un des murs était tapissé d'écritures différentes : des dizaines de mains avaient contribué à rédiger les messages qui y figuraient, messages qui sonnaient comme des vœux. Parmi tous les cafés où il s'était déjà rendu, jamais l'étudiant n'en avait vu un qui laissait ses clients griffonner sur le mur.

Junwoo avait froncé les sourcils sans même s'en rendre compte tandis qu'il survolait des demandes parfois touchantes, parfois inattendues. Son attention était à ce point focalisée sur les multiples souhaits qu'il lisait qu'il sursauta lorsqu'on s'adressa à lui.

« Bonjour monsieur, lança une voix accueillante, bienvenue à la Boutique Enchantée, est-ce que je peux faire quelque chose pour vous ? »

Junwoo fit volte-face pour découvrir, derrière le comptoir, un jeune homme à l'air avenant malgré une carrure imposante au premier abord. Il arborait des cheveux roses qui retombaient en une élégante frange droite sur son front – à peu de choses près la même coiffure que Junwoo. Son visage affichait des traits d'une douceur surprenante dont la symétrie frôlait la perfection.

Impressionné donc par cette apparition, Junwoo resta muet un instant avant de se ressaisir.

« Oh… oui, je… enfin je veux dire non, désolé, je me suis égaré, je crois.

— Si vous êtes entré ici, c'est parce que vous avez besoin d'un peu de magie, n'est-ce pas ? »

Sans en savoir la raison, Junwoo frissonna à ces mots. Il resserra les pans de son gilet sombre et haussa les épaules sans oser regarder son interlocuteur.

« On a ici ce dont vous avez besoin, s'enthousiasma alors le vendeur à cet aveu. Il y a peut-être quelque chose qui vous intéresse, n'hésitez pas à jeter un œil. »

Surpris, Junwoo tourna la tête pour voir ce que désignait le jeune garçon : dans un coin de la pièce, à l'écart, se trouvait une vitrine où figuraient quelques objets qui avaient tout l'air de banales antiquités.

« Qu'est-ce que c'est ? demanda-t-il tout naturellement.

— Nos objets magiques, indiqua l'autre. Chacun a un pouvoir particulier pour rendre votre vie meilleure.

— Un peu comme des porte-bonheurs ? »

L'employé lâcha un ricanement avant de répliquer que ce n'était pas tout à fait la même chose.

Mais déjà Junwoo ne l'écoutait plus : son regard était accroché à l'un des objets de la vitrine. C'était une fleur. Une fleur qu'il n'avait jamais vue jusqu'à présent, ni dans un quelconque magasin ni sur internet. C'était une plante d'un bleu électrique vif et envoûtant qui tirait par endroits sur un violet délicat ; une couleur surnaturelle. C'était absolument magnifique, presque… magique.

Elle se trouvait sous une cloche de cristal, maintenue par un socle discret fait d'un fer si fin qu'on croirait qu'il s'agissait de simples fils qui se tenaient droits sous l'effet d'une force inexplicable. Ça rendait la fleur d'autant plus belle, elle était mise en valeur d'une manière qui poussait Junwoo à ne plus voir qu'elle.

« Je connaissais pas cette espèce, admit-il sans quitter la plante des yeux, qu'est-ce que c'est ?

— Ah, ça, monsieur, c'est l'unique fleur de Saphir que nous ayons, lui apprit l'employé avec fierté. Elles sont très rares, mais leur pouvoir est très puissant. C'est une « fleur éternelle » : elle a été traitée une fois cueillie, comme ça, même sans être dans un pot, elle ne fane pas. »

Junwoo s'en moquait, de son pouvoir : s'il voulait cette fleur c'était parce qu'il la trouvait ensorcelante, rien de plus.

« Elle doit être chère dans ce cas, soupira-t-il, vous en demandez combien ? »

Le jeune vendeur resta muet un instant, une mine pensive sur le visage. Au terme de quelques secondes, interpelé par son silence, Junwoo se tourna vers lui. Ce fut ce moment précis que l'homme choisit pour répondre :

« Pour vous, ça ne coûtera rien. Je vous l'offre.

— V-Vous êtes sérieux ? lâcha Junwoo d'un ton qui trahissait sa surprise.

— Oui. J'ai… le sentiment qu'elle n'a pas attiré votre regard par hasard. Alors je vous la laisse. Mais faites attention : la fleur ne doit surtout pas être retirée de son support. »

Junwoo hocha vivement la tête, déjà plus concentré sur sa nouvelle acquisition que sur ce que lui expliquait son interlocuteur. Ce dernier, constatant l'impatience de son client, esquissa un rictus mystérieux tandis qu'il allait ouvrir la vitrine derrière laquelle était rangée la plante. Il l'offrit à l'étudiant qui l'en remercia à maintes reprises avant de filer sans demander son reste, trop pressé qu'il était de pouvoir enfin se mettre au travail.

Quelque chose d'indescriptible en effet se dégageait de cette fleur, et Junwoo voulait en profiter tant qu'il le ressentait : c'était pareil à une vague inspirante qui l'éclaboussait soudainement. Il craignait d'en perdre la moindre trace s'il ne la saisissait pas au plus vite. Il éprouvait ce besoin irrépressible de dessiner ; c'était quelque chose qui ne se contrôlait pas, comme une addiction à laquelle il ne pouvait que succomber.

Une fois dans son atelier, il verrouilla la porte et fila installer sa plante sur une petite table qu'il avait décorée le matin même : c'était un guéridon en bois finement sculpté. Dessus avait été étendu un napperon d'une blancheur immaculée ainsi que tout un décor d'herbes destinées à mettre en valeur l'élément principal, la fleur idéale que Junwoo n'aurait pas cru pouvoir trouver.

Il déposa avec un soin immense sa cloche de cristal sur la table puis recula, s'assura que tout était bien centré, et ses yeux s'illuminèrent : ainsi positionnée parmi de banales pousses, la fleur de Saphir se détachait du reste et apparaissait comme une reine au milieu de son peuple. Elle dégageait une majesté inexplicable, un charme qui aimantait le regard pour ensuite l'empêcher de se concentrer ailleurs.

Junwoo ignorait si c'était ce que son professeur attendait de lui, mais il lui fallait peindre cette merveille. C'en était presque devenu vital pour lui.

Un détail cependant lui tira une moue ennuyée : les fils de fer qui formaient ce petit socle qui permettait à la plante de se tenir droit n'allaient pas avec le reste de son décor. Ils apportaient une touche un peu trop « humaine ». Un instant Junwoo songea à les retirer pour coucher la fleur, mais il la voulait debout, dans toute sa splendeur. Or il ne désirait pas avoir ces fils métalliques sous les yeux pendant qu'il peindrait…

Son visage s'illumina lorsqu'une idée lui vint. Il abandonna son atelier, attrapa son portefeuille et se précipita dehors. Il ne revint qu'une heure plus tard, après un tour au magasin d'activités manuelles et artistiques à une trentaine de minutes de chez lui. Il y avait trouvé une petite bobine d'un fil rigide bien particulier : il était transparent… et il s'agissait d'une guirlande ornée de leds.

Ravi de son achat, Junwoo souleva la cloche pour ensuite libérer la fleur de ses fils de fer. Ce fut loin de s'avérer aussi aisé qu'il l'aurait cru : à chaque mouvement, il craignait d'abîmer son précieux trésor, si bien qu'il lui fallut de longues minutes pour parvenir au but. Il touchait la plante du bout des doigts, l'effleurait avec une délicatesse telle que c'était à peine s'il entrait en contact avec.

Une fois le fil retiré, il prit sa propre bobine et disposa la guirlande comme il l'avait imaginé : la fleur était enroulée dedans sans pour autant sembler s'y noyer. Elle était entourée de ces petites lampes mais demeurait l'élément qui retenait le plus l'attention : les leds ne lui volaient pas la vedette, elles la mettaient en valeur.

Enchanté de son ouvrage, Junwoo replaça le couvercle de cristal et alla chercher son carnet de croquis. Il s'attela à son travail sans tarder.

~~~

Le lendemain, après une nuit trop courte, Junwoo éprouva la sensation de se réveiller d'une journée passée dans un paradis artificiel : les yeux cernés de noir, il se sentait épuisé, mais il était comme sur un petit nuage. Son croquis avait bien avancé, si bien que déjà il commençait à réfléchir à sa palette de couleurs.

Il allait pouvoir utiliser tant de sublimes nuances de bleu et de violet…

Sans plus attendre, il s'habilla : il enfila un jean sombre, un t-shirt blanc et une large chemise indigo, habits dans lesquels il était particulièrement à l'aise et qui lui permettaient de peindre sans gêne pendant des heures entières. Une fois prêt, il grimaça face au miroir en découvrant ses cheveux ébouriffés par la longue nuit qu'il avait passée. Ça, ça risquait bien de le déranger, il détestait avoir la moindre mèche devant les yeux lorsqu'il était concentré.

Ainsi, peu enclin à perdre du temps à se coiffer, il mit un bonnet noir et fila de chez lui pour simplement descendre les marches qui le séparaient de son atelier. Il y entra en trépignant d'impatience.

Lorsqu'il se retourna, cependant, son cœur tressauta et ses yeux s'écarquillèrent.

La cloche de cristal était renversée sur le sol, encore intacte par un miracle que Junwoo n'expliquait pas. Sa fleur avait disparu et la guirlande de leds gisait piteusement parmi les autres plantes disposées sur le guéridon. En revanche, ce qui laissait Junwoo sans voix, c'était ce garçon, assis par terre, qui considérait avec curiosité son croquis en jetant de petits regards à la table pour s'assurer de la ressemblance entre le dessin et la réalité. Il était si focalisé sur sa tâche qu'il n'avait pas entendu Junwoo entrer.

« Putain mais t'es qui ! » lança aussitôt le peintre sans réfléchir.

L'inconnu sursauta, fit volte-face et poussa une exclamation surprise en voyant Junwoo. Ce dernier... il resta coi devant le physique hors du commun de l'intrus : outre ses cheveux d'un bleu électrique joliment bouclés, il avait les iris teintés de ce même bleu ensorcelant aux quelques nuances de violet et qui rappelaient étrangement à Junwoo les couleurs de la fleur de Saphir. Le visage de ce singulier personnage était d'une beauté à couper le souffle. En plus de ses yeux enchanteurs, il arborait des traits harmonieux, magnifiques, et qui lui donnaient malgré sa stature de jeune homme des airs presque enfantins. Il brillait dans ses prunelles une étincelle d'innocence délicate ; son nez, droit et fin, était encadré par des sourcils parfaitement dessinés et menait à une bouche aux lèvres minces mais que Junwoo se surprit à trouver appétissantes. Les oreilles de l'inconnu, en partie cachées par ses boucles bleues, étaient percées de deux petits saphirs discrets qui n'attirèrent le regard du peintre que lorsqu'un mouvement du mystérieux garçon fit en sorte que le soleil se reflète dessus.

C'était un jeune homme, sa stature était proche de celle de Junwoo : il était sans doute aussi grand que lui, élancé et élégant sans même chercher à l'être. Assis en tailleur sur le sol, le carnet toujours entre les mains et l'air ahuri, il était vêtu d'un habit bien singulier : son haut à manches courtes paraissait fait de larges pétales de fleur de Saphir. Un col en V laissait apparaître une partie de son torse et le vêtement s'avérait être un genre de crop top. Son ventre cependant était dissimulé par un autre habit, celui-ci fait de feuilles, qui tombait sur ses cuisses et était noué à sa taille par une ceinture qui semblait constituée d'une tige que le garçon se serait enroulée autour du corps. Son bas enfin était un pantalon de toile à la couleur indescriptible : c'était un bleu qui, selon la luminosité, tirait tantôt sur le blanc, tantôt sur le violet.

Pieds nus, l'inconnu paraissait fragile – air mis en valeur par sa moue terrifiée lorsqu'il vit Junwoo. L'étudiant et lui se faisaient face, pas un mot n'avait été prononcé par cet intrus au charme indéniable.

« Qu'est-ce que t'es ? » souffla Junwoo sans pouvoir détacher de lui son regard.

Il ne voulait pas croire que cet être irréel soit ce à quoi il pensait… pourtant sa fleur avait disparu, et ce garçon… Mais c'était impossible.

Il fut attendri par la mine effrayée du jeune homme qui s'était ratatiné sur lui-même, recroquevillé dans un coin de la pièce où il avait reculé quelques instants plus tôt sous l'effet de la surprise. C'était stupide, mais Junwoo lui trouvait l'air inoffensif.

L'étudiant réitéra sa question, qui une fois de plus demeura sans réponse.

L'étranger le regardait avec de grands yeux terrorisés, sans bouger, comme si le moindre mouvement était capable de transformer Junwoo en un véritable prédateur. Ce dernier, comprenant qu'il avait sans doute dû terrifier le mystérieux garçon – et se refusant à croire l'impensable –, décida d'y aller en douceur pour découvrir l'identité de cet intrus.

« T'es sans-abri ? lui demanda-t-il. C'est pour ça que t'es venu ici ? Parce qu'il faisait froid cette nuit ? Comment t'es entré ? »

Car Junwoo, en ouvrant la porte de son atelier ce matin, avait pu constater qu'elle était bel et bien fermée de l'extérieur. Il n'avait pas oublié de la verrouiller la veille au soir. Il n'oubliait jamais.

La seule réponse qu'il obtint, ce fut un « non » de la tête.

« Tu veux manger quelque chose ? T'as soif peut-être ? » tenta encore Junwoo sans comprendre pourquoi il agissait de cette manière.

Ils étaient rares en effet, ceux qu'il autorisait à entrer dans son atelier : si ça avait été n'importe qui d'autre, il l'aurait mis dehors en lui hurlant dessus… mais quelque chose l'en empêchait. Ce garçon au charme ensorcelant était si étrange que Junwoo brûlait d'envie de savoir qui il était et ce qu'il faisait ici.

Il ne lui voulait aucun mal.

« Est-ce que tu peux me rendre mon carnet ? » demanda-t-il encore après s'être rendu compte que l'autre serrait tout contre son cœur le bloc de papier.

Junwoo reçut enfin une réaction : l'être aux cheveux bleus, jusque-là crispé par l'inquiétude, se détendit et relâcha son étreinte autour du carnet sans le redonner à son propriétaire pour autant. L'étudiant déglutit. Il allait falloir y aller en douceur…

« Tu aimes mes dessins ? C'est moi qui ai dessiné ça. Tiens, regarde. »

Toujours près de la porte d'entrée de la petite pièce, Junwoo désigna de l'index une peinture qui représentait l'océan un jour de tempête.

« Le croquis est dans le carnet que tu tiens, si tu tournes les pages tu trouveras. »

Le garçon, qui avait dirigé les yeux sur l'œuvre du jeune peintre, reporta son regard électrique sur le carnet dont il feuilleta quelques pages avant qu'un doux sourire ne fleurisse sur ses lèvres. Il tourna le bloc de papier en direction de Junwoo avec un visage débordant d'un bonheur simple. Ce dernier sentit à son tour un sourire poindre lorsqu'il vit que ce que l'inconnu lui montrait, ce n'était rien d'autre que le croquis dont il venait de lui parler.

« Alors tu comprends ce que je dis, hein ? reprit Junwoo d'un ton amical. Tu peux me rendre mon carnet ? »

Malgré son air soudainement triste, l'intrus acquiesça et tendit timidement l'objet à son propriétaire. Junwoo s'avança et le récupéra avant de pousser un soupir de soulagement : pas une page n'était abîmée.

Bon, maintenant qu'il avait retrouvé son précieux trésor, il ne restait plus qu'à essayer de découvrir qui était l'étranger qui s'était infiltré dans son atelier. Parce que non, Junwoo n'était toujours pas prêt à admettre ce qui avait pourtant l'air d'une évidence. La fleur et ce garçon ne pouvaient pas être la même entité.

« Où est la fleur qui est sur mon croquis ? demanda donc Junwoo. Tu l'as mise où ? »

L'autre, perplexe, baissa le regard sur ses vêtements avant de le reporter sur Junwoo. Il possédait des yeux perçants mais qui témoignaient de sa bonté, c'était inexplicable. Il ressemblait à une fée à qui on avait arraché les ailes.

« Qui es-tu et où est ma fleur ? » répéta Junwoo en veillant à parler intelligiblement malgré l'impatience qui commençait à se mêler à sa douceur.

Ce devoir, c'était sa dernière chance. Il n'avait pas envie de plaisanter de bon matin à ce sujet avec un parfait inconnu – aussi beau cet inconnu soit-il.

Le garçon, sentant cette tension pourtant à peine perceptible, se ratatina de nouveau, rentrant la tête entre les épaules. Junwoo s'apprêta à reposer sa question sur un ton involontairement plus agressif lorsqu'une voix timide s'éleva :

« S'il vous plaît… je veux pas… »

Premiers mots de l'intrus. Et sa voix, ciel ! Junwoo ne pouvait pas croire qu'un être d'apparence si frêle et fragile soit doué d'un timbre si grave et profond ! La surprise passée, Junwoo se rendit compte de ce qu'il avait dit et… il ne saisit pas.

« Comment ça ? Tu veux pas me la rendre ? l'interrogea-t-il sans dissimuler son étonnement.

— Non… je veux pas y retourner. Pas sous la cloche. Pas entortillé dans des fils. S'il vous plaît, j'y étouffe…

— M-Mais… qu'est-ce que… j-je comprends pas… Me dis pas que… »

Il ne parvint pas à achever sa phrase : c'était beaucoup trop invraisemblable. Pourtant le regard désespéré du jeune homme donnait à ses mots les airs de la plus parfaite sincérité. Savait-il si bien mentir ? Pourquoi Junwoo n'arrivait-il pas à envisager la possibilité que ce garçon lui dissimule la vérité ?

« Qu'est-ce que t'es ?

— Un… un garçon fleur, balbutia-t-il après une longue hésitation.

— Tu te fous de ma gueule ? »

Ce regard, ce regard criant de détresse… non, il ne lui mentait pas. Ou bien était-il fou au point d'être convaincu de ses propres inepties. Junwoo après tout n'en savait rien, ce garçon pouvait très bien avoir échappé à un gardien de l'asile. Il semblait si perdu, déboussolé. On le croirait arrivé d'un monde parallèle. Sans doute avait-il besoin d'un suivi particulier, d'un soutien psychologique adapté.

« Tu viens d'où ? demanda encore Junwoo.

— De la forêt aux abords de la ville.

— Non mais j'en reviens pas, c'est une blague, une caméra cachée, c'est pas possible autrement. »

L'étranger pencha légèrement la tête sur le côté ; il n'avait visiblement pas compris ce que disait son interlocuteur qui éclata d'un rire ironique :

« Très drôle, tu m'as bien eu, j'ai failli y croire, râla Junwoo. Maintenant rends-moi ma fleur, j'ai du boulot.

— Non, je peux pas...

— Rends-la-moi, je te dis.

— Mais je... je veux pas, pitié... »

Et, à la plus grande surprise de Junwoo qui se sentit tout à coup dépassé par la tournure des évènements, le regard bleu de l'autre garçon se remplit peu à peu de larmes qui finirent par couler. Les gouttelettes qui dévalaient lentement ses joues étaient pareilles à des perles de rosée qui glissaient sur les feuilles d'une jeune plante. Même ses larmes paraissaient irréelles.

Junwoo fut touché, il lui sembla que sa colère s'effaçait pour laisser place à de la compassion pour ce garçon complètement perdu.

« D'accord, d'accord, oublie ça pour l'instant, souffla Junwoo ennuyé. Bon... du coup, tu veux boire ou manger quelque chose ? »

L'autre se passa la langue sur les lèvres à la manière d'un affamé devant qui on tendait un hamburger. Junwoo lui trouva un air étrangement lascif, ce geste cassait son allure d'enfant innocent. Il y avait une certaine sensualité dans sa façon d'être. L'étudiant alors lui fit signe de le suivre, ajoutant un « t'as rien à craindre » pour rassurer le jeune homme. Ce dernier hésita un court instant avant de décider de lui obéir : il dessinait bien, ça lui plaisait beaucoup, et il éprouvait le sentiment que l'humain ne lui ferait pas de mal. Il arborait un visage si bienveillant qu'il voulait croire que cet humain-là n'était pas comme les autres.

Junwoo sortit de l'atelier, imité par son intrus. Il ferma, grimpa les marches et arriva devant chez lui. Il lançait de fréquents regards derrière lui pour s'assurer que le « garçon fleur » était toujours là. C'était le cas.

Il ouvrit sa porte, l'invita à entrer et le suivit à l'intérieur. L'être aux cheveux bleus parut agréablement surpris de découvrir un appartement décoré de nombreuses plantes aux couleurs vives qui pourtant s'accordaient toutes particulièrement bien.

« Oh, on dirait un petit morceau de forêt ! s'émerveilla-t-il. Comme tu dois être bien, ici !

— Oui, j'y suis bien, effectivement. Merci beaucoup. Viens, la cuisine est là. Tu veux boire quoi ?

— Juste de l'eau.

— Et tu as faim ?

— Un peu.

— Tu voudrais quoi ?

— Est-ce que je pourrais te demander... des fruits ?

— Bien sûr. »

Junwoo lui apporta d'abord un verre d'eau avant de revenir ensuite avec une corbeille de fruits. Il en mangeait peu mais en avait toujours quelques-uns chez lui. L'étranger jeta son dévolu sur une pomme qu'il avala avec gloutonnerie, visiblement ravi de cette petite collation.

« C'est vraiment bon, merci !

— Alors... maintenant que tu te sens mieux... est-ce que tu peux me parler de toi ? »

Junwoo avait hésité à poser cette question : il avait commencé à gagner la confiance de son invité, si bien qu'il craignait que cette demande ne le pousse à se renfermer de nouveau. Le garçon néanmoins, s'il parut embarrassé, se décida à répondre :

« Je m'appelle Taeil, dit-il de sa voix profonde, je suis un garçon fleur de la tribu des Saphirs. On n'est plus très nombreux, une poignée peut-être. On vit dans une forêt plus au sud, dans un petit terrain vallonné où il y a très peu de passage. J'ai grandi là, j'ai appris à me métamorphoser, et j'ai fait l'erreur d'être curieux. Je voulais découvrir le monde au-delà du vallon. On en parle beaucoup entre nous, on connaît vos coutumes. Alors un matin, avant que les miens ne se réveillent, je suis parti. Je voulais simplement explorer la forêt, et c'est vraiment ce que j'ai fait. Mais... je me suis endormi après avoir déjeuné. Quand je me suis réveillé, j'étais enfermé. J'avais veillé à me changer en fleur pour ne pas être trop visible, mais on m'avait découvert.

« Certains humains nous recherchent activement, l'un d'eux m'avait trouvé, et il savait que mon peuple était sensible au fer : lorsque l'un de nous est mis en contact avec du fer, il subit une atroce brûlure. On m'avait enroulé dans du fil de fer pour m'empêcher de me libérer. J'ai voulu essayer à plusieurs reprises, mais… »

Plutôt que de poursuivre son histoire, Taeil releva un pan de son pantalon : sur son tibia droit se dessinait une longue blessure d'un rouge qui tirait sur le noir. Une croûte déjà s'y était formée, mais on pouvait deviner qu'il avait dû saigner abondamment.

« J'ai de pareilles marques un peu partout, maintenant, soupira-t-il. Elles ont par chance cessé de me faire mal. Convaincu que j'allais mourir, j'ai arrêté de lutter. Il y a deux jours, un type étrange m'a acheté pour me mettre dans la vitrine du petit salon de thé dans lequel t'es entré hier. Et me voilà. »

Junwoo dévisageait le garçon fleur sans un mot.

Cette histoire était complètement tirée par les cheveux… Mais alors pourquoi y croyait-il ? Ou du moins pourquoi n'était-il pas en train de chasser cet hurluberlu de chez lui ?

« C'est totalement délirant, souffla-t-il sans savoir s'il parlait du récit de Taeil ou bien du fait qu'il l'acceptait.

— Je peux comprendre que tu me croies pas… y a pas beaucoup de gens qui savent qu'on existe, et y en a encore moins qui pensent qu'on existe encore. Mais c'est le cas. Regarde. »

Junwoo, que la stupéfaction rendait muet, ouvrit cependant des yeux ronds en voyant son invité tendre la main en direction de son verre : ses prunelles bleues se mirent à briller de manière surnaturelle et l'eau du petit récipient se souleva seule de sorte à former un mince filet qui se dirigea lentement vers la plante la plus proche. Concentré sur le pouvoir qu'il était en train de manipuler, Taeil ne détourna pas son attention du liquide translucide jusqu'à ce qu'il atteigne la terre dans laquelle étaient plantées quelques fleurs violettes. L'eau s'y déversa et, lorsqu'il n'en resta plus une goutte, le regard du garçon retrouva sa couleur habituelle.

Junwoo demeurait parfaitement coi, incapable d'articuler le moindre mot. Il ne pouvait pas en croire ses yeux, pourtant il était convaincu de ne pas avoir rêvé.

« On prend soin de la nature, on fait en sorte que la forêt garde sa beauté d'antan malgré la présence humaine qui s'y fait de plus en plus envahissante, indiqua Taeil d'un air peiné. Je voudrais juste pouvoir rentrer chez moi.

— Et ma fleur ? »

Ce fut tout ce que Junwoo parvint à prononcer : si Taeil, par un miracle qu'il ne s'expliquait toujours pas, était bel et bien sa fleur bleue, alors Junwoo avait besoin de lui pour son projet.

« Mais c'est moi, c'est moi la fleur… »

Junwoo, sentant que l'autre était sur le point de verser de nouvelles larmes, opina, avant de reprendre pour éclaircir ses propos :

« Dans ce cas, j'ai… j'ai besoin de toi. Juste quelques jours, ça compte énormément pour moi. Est-ce que… si je te promets ensuite de te ramener dans ta forêt, tu veux bien m'aider moi aussi ? »

Aussitôt, le visage de Taeil s'illumina. Il acquiesça vivement et avec un large sourire d'une forme singulière mais qui accentuait son côté innocent. Junwoo ne put pas s'empêcher de le lui rendre, songeant que c'était sans doute là la preuve de son assentiment. Taeil le lui confirma avec enthousiasme, le remerciant de faire ça pour lui et lui assurant la reconnaissance éternelle du peuple Saphir.

« C'est rien, c'est rien, répondit Junwoo en se frottant la nuque de manière gênée. Disons que c'est donnant-donnant. J'ai vraiment besoin de toi, c'est normal que je te donne quelque chose en échange.

— Mais les humains n'ont jamais été bons avec nous, alors je suis heureux de t'avoir rencontré ! J'espère que tu vas réussir ton projet ! D'ailleurs… c'est quoi, ce projet ?

— Une peinture de la fleur que tu es. J'avais commencé, c'est le croquis que tu tenais quand je suis entré dans l'atelier.

— Oh, oui, je connais un peu les humains, je vois ! C'est la jolie représentation de moi sur ce carnet, c'est ça ?

— Oui, une peinture c'est ça mais en mieux, et avec des couleurs. »

Taeil hocha la tête, ravi d'en apprendre toujours plus.

Les deux jeunes gens redescendirent à l'atelier. Junwoo profita de ce court trajet pour expliquer à Taeil ce qu'il attendait. Une fois arrivés, lorsque ce dernier se métamorphosa sous les yeux de l'étudiant en une splendide fleur bleue, Junwoo dut se frotter les yeux pour s'assurer qu'il ne rêvait pas. Mais la plante qui reposait tranquillement sur sa table le prouvait : Taeil s'était bel et bien transformé.

Il ne parvenait toujours pas à y croire mais, pressé par le temps, il se hâta de l'enrouler de nouveau de la guirlande de leds et de la recouvrir de la cloche de cristal, après quoi il s'installa derrière sa toile et entama son œuvre.

Il peignit toute la journée. Quand le soir fut venu, il libéra la fleur de ce qui la retenait prisonnière – il craignait que Taeil n'abîme son décor s'il s'en défaisait seul.

Ainsi, quelques instants plus tard, c'était désormais deux garçons qui se trouvaient dans la petite pièce. Junwoo, soufflé par la métamorphose, laissa une fois de plus échapper un « non sérieux, je peux pas y croire » qui fit rire Taeil.

« Bon, j'imagine que t'as nulle part où passer la nuit, songea le peintre enfin revenu de sa surprise.

— Non effectivement.

— Viens, j'ai un matelas de plus chez moi au cas où des potes viendraient dormir à la maison.

— Alors on peut considérer qu'on est amis ? »

Junwoo décela une telle lueur d'espoir dans son regard qu'il n'osa pas le contredire. Il haussa les épaules dans un « ouais, j'imagine » qui sembla remplir Taeil de bonheur. Absolument ravi, en effet, le jeune homme sautilla sur place en applaudissant, un large sourire de nouveau aux lèvres.

Trois jours passèrent.

Depuis le matin aux aurores jusqu'au coucher du soleil, les deux garçons se trouvaient dans l'atelier du peintre. Junwoo travaillait avec acharnement et Taeil sommeillait durant tout le jour sous sa jolie cloche de cristal. Sans le voir il appréciait la présence de son ami qu'il jugeait désormais rassurante : Junwoo prenait infiniment soin de lui et, chaque fois que la journée s'achevait, dès lors que Taeil se métamorphosait de nouveau, il recevait en plus d'une délicieuse collation une pluie de remerciements ainsi que de compliments qui le faisaient rougir de gêne et de plaisir.

Avant d'aller se coucher, les deux garçons dînaient en discutant de tout et rien, heureux de passer un moment ensemble. Ils avaient rapidement appris à se connaître et, bien qu'ils ne parlent plus dès lors que Junwoo peignait, il y avait ce quelque chose qui les reliait tous les deux : occupé à son dessin, Junwoo ne quittait pas sa fleur du regard, ce que Taeil percevait aisément. Même dans le plus absolu des silences ils sentaient ce lien les unir ; c'était quelque chose qu'ils avaient fini par apprécier.

Ainsi, le soir, ils n'éprouvaient pas la sensation de se retrouver après des heures sans s'être vus, au contraire il leur semblait avoir passé la journée ensemble. Après le dîner, ils allaient à tour de rôle à la douche puis se couchaient : Junwoo dans son lit, Taeil sur un confortable yo[3] sur le sol. Il ne s'en plaignait pas, c'était beaucoup plus douillet que toutes les touffes d'herbes sur lesquelles il avait eu l'occasion de se reposer dans la forêt.

Taeil était doué d'une personnalité aussi colorée que ses cheveux : sa nature étrangère à celle des humains le rendait innocent. Il ne connaissait rien du vice qui pouvait exister, si ce n'était que certains hommes cherchaient à lui faire du mal. Il s'exprimait parfois à la manière d'un enfant, c'était attendrissant, il était facile de s'attacher à lui.

Au matin de leur quatrième jour de cohabitation, les deux amis furent réveillés par la sonnerie du portable de Junwoo. Taeil ouvrit les paupières malgré la fatigue qui tendait à les lui fermer et il s'étira avant de se frotter les yeux.

La journée fut tranquille, comme celles qui avaient précédé. En revanche, en fin d'après-midi, un petit imprévu vint toquer à la porte de l'atelier. Junwoo, concentré qu'il était sur sa tâche, sursauta et poussa un soupir de soulagement en constantant qu'il n'avait pas gâché sa peinture. Avant qu'il ait eu le temps de demander de qui il s'agissait – même s'il le savait –, Kyunghoon entra et le salua chaleureusement.

---

[3] *Matelas courant en Corée du Sud, à déplier pour dormir sur le sol.*

« J'ai acheté de quoi dîner, indiqua-t-il réjoui, je me suis dit que te changer les idées, ça pourrait te faire du bien. Qu'est-ce que t'en penses ? »

Junwoo faillit opiner avant de se rappeler un détail : Taeil. Il ne pouvait pas laisser sa belle plante seule.

« Désolé, répondit-il donc, j'ai du boulot, je travaille sur mon projet. Un autre jour peut-être, invite quelqu'un d'autre, je connais une personne à qui ça fera plaisir. »

Junwoo lui adressa un clin d'œil qui fit rougir les pommettes de son ami : il y avait en effet une bien jolie voisine dont Kyunghoon lui parlait parfois avec un air rêveur. Ses sentiments pour elle ne faisaient aucun doute, et les deux jeunes gens s'entendaient à merveille.

Kyunghoon s'apprêtait à s'en aller après un remerciement gêné quand son regard se posa à la fois sur la peinture et sur le petit décor qui l'inspirait. Ses yeux s'écarquillèrent :

« Ouah, Jun, c'est sublime ! Cette fleur… tu l'as trouvée où ? Ses couleurs, c'est une dinguerie !

— Merci beaucoup ! Je l'ai achetée le weekend dernier. Comme on a une semaine de vacances, j'essaie d'avancer autant que possible.

— Je suis sûr que ça va être un chef d'œuvre, l'encouragea Kyunghoon avec sincérité.

— C'est vrai ? Et tu crois qu'on y percevra… une émotion ? »

Le visage de son aîné, souriant et enthousiaste jusqu'à présent, se rembrunit de manière discrète d'abord pour laisser ensuite transparaître le doute :

« Je sais pas, dit-il, j'imagine que oui.

— Et pour le moment… ?

— Moi en tout cas, tout ce que je vois, c'est des plantes. Après, tu sais bien que j'ai pas l'âme d'un artiste.

— Dis pas de conneries, tes raps ils sont tellement magnifiques que même un cœur de pierre se sentirait ému en les écoutant.

— Jun…

— Faut que je continue de bosser. »

Kyunghoon, l'apercevant se concentrer de nouveau sur la fleur qu'il était en train de représenter, décida de ne pas insister : il quitta la pièce après avoir salué son cadet.

Une fois seul, celui-ci poussa un soupir. Il abandonna son tabouret, alla reposer ses affaires de peinture et défit la plante de sa guirlande et de sa cloche. Taeil changea d'apparence. Il avait tout entendu, tout ressenti : depuis les incertitudes de Kyunghoon jusqu'à la déception de Junwoo.

« On ferait mieux d'arrêter ici pour aujourd'hui, indiqua ce dernier, il commence à être tard et je suis fatigué. »

Taeil n'osa pas s'opposer à lui : il brillait dans le regard du jeune peintre une telle peine qu'il crut voir Junwoo faner tout à coup. Ils rangèrent ensemble quelques dernières affaires avant de remonter silencieusement. Il était à peine dix-neuf heures, c'était rare qu'ils rentrent avant minuit, si bien que Taeil fut plus surpris encore lorsque son ami, après avoir simplement retiré son pantalon, s'allongea sous sa couette et s'en recouvrit jusqu'aux oreilles. Junwoo lui souhaita bonne nuit en prétextant qu'il était fatigué. Taeil ne répondit pas, perplexe et triste, car il sentait la détresse de Junwoo.

L'étudiant lui avait expliqué son projet, son ambition, ses désirs et ses doutes. Taeil comprenait désormais à quel point tout ceci était réuni dans un véritable cocktail destiné à lui faire broyer du noir. Il espérait que le lendemain, Junwoo irait mieux et aurait retrouvé l'enthousiasme dont il avait fait preuve ces derniers temps.

Au matin du cinquième jour, pourtant, lorsque son alarme sonna, Junwoo l'éteignit avant de se rallonger. Taeil qui, comme à son habitude, s'était assis et étiré, le regarda en faisant la moue.

« Jun-ah, on descend à l'atelier ?

— Pas aujourd'hui, lui répondit l'autre d'un ton morne. Je suis fatigué.

— Mais t'as dormi pendant onze heures… »

Dans les faits, Junwoo avait bel et bien passé onze heures dans son lit, mais il avait dormi une petite heure, tout au plus. Il avait réfléchi. À beaucoup de choses : il avait réfléchi à sa passion pour l'art, à ce qu'elle signifiait à ses yeux, à ce qu'il espérait faire ensuite. Ses certitudes laissaient peu à peu place à l'hésitation. Il ne savait tout simplement plus quoi penser. Peindre, c'était tout ce qui le faisait vibrer, mais… à présent, ce n'était plus pareil qu'avant.

« J'ai pas envie de dessiner, soupira encore Junwoo. Je veux rien faire.

— Et ton rêve ?

— J'ai pas de rêve.

— Si, l'autre jour tu…

— Je n'ai plus de rêve, Tae.

— Mais… t'étais tellement heureux de peindre.

— Je sais.

— Alors pourquoi ?

— On ne ressent rien devant mes tableaux.

— Et alors ?

— Mes profs veulent des émotions.

— Et toi ?

— Je sais pas… »

Taeil s'était levé. Il vint s'installer sur le lit de son ami, prenant innocemment place sur son bassin. Il posa les paumes sur le torse de Junwoo de sorte à se retrouver penché au-dessus de lui et il lui adressa un regard inquisiteur :

« Qu'est-ce que t'aimes dans la peinture ? lui demanda-t-il encore.

— C'est joli.

— Mais encore ?

— Ça fait passer le temps.

— T'y mets pas du tien, je trouve…

— Qu'est-ce que ça me fait ressentir ? J'en sais rien, content ? s'agaça Junwoo sans pour autant élever la voix. Depuis que je suis un gosse je dessine. C'est mon échappatoire, tu comprends ? Quand ça va pas je peins, et ça me détend, j'oublie tout quand je suis plongé dans un dessin, c'est juste mon monde et moi. J'oublie de manger, de dormir, j'oublie tout quand je peins, et c'est ça qui me remplissait de bonheur : laisser libre-cours à l'inspiration du moment, réinventer le monde et les hommes. C'est… l'art, quoi, tout simplement.

— Si quand ça va mal, tu peins… alors pourquoi aujourd'hui tu peins pas ? »

La tête légèrement penchée de côté, Taeil considérait avec une moue dubitative son ami qui fut incapable de trouver la moindre réponse convenable. Un lourd silence pesa sur la pièce, tout semblait figé jusqu'aux deux garçons qui restaient immobiles.

« C'est juste… frustrant, soupira finalement Junwoo. C'est frustrant de savoir que je suis pas foutu de transmettre quoi que ce soit à travers mes tableaux. Avant pourtant on me disait que mes croquis avaient une âme. De simples croquis, tu te rends compte ? Et là… même avec des peintures, ça marche pas. Est-ce que c'est parce que j'ai grandi ? Genre il faut garder son âme d'enfant pour être un bon peintre ? Pourquoi on ressent rien ?

— Est-ce que t'as envie de faire ressentir quelque chose ?

— Bien sûr ! s'insurgea Junwoo à cette question dont la réponse était si évidente.

— Pourquoi ?

— Bah pour avoir des bonnes notes ! »

Comprenant à son regard que Junwoo avait saisi ce qu'il avait tenté de lui faire dire, Taeil esquissa un sourire que son ami ne vit même pas, trop concentré sur ses réflexions. Junwoo en effet avait mis son blocage sur le compte du fait qu'il avait pris des cours de dessin, songeant que sans doute son obsession pour la technique lui avait arraché l'essence même de l'art : l'émotion. Maintenant en revanche, il comprenait que ce n'était pas exactement ça, le problème. Il ne peignait plus ce qui lui plaisait.

Comment bouleverser quand soi-même on était ennuyé ? Quand on n'avait aucune forme d'affection pour ce qu'on représentait ? Même les projets qui l'avaient le plus intéressé, Junwoo ne les avait pas réalisés avec ce même enthousiasme frénétique que lorsqu'il était complètement libre.

Le moindre carcan, la moindre consigne le gênait. Même un banal thème lui apportait cette sensation d'emprisonnement qui l'empêchait de libérer tout son génie. Tout simplement parce qu'il n'était pas capable de peindre s'il avait une contrainte, même la plus infime. Et le fait de savoir qu'il devait faire de son mieux pour une note, c'était une contrainte à ses yeux.

Ce qui le faisait vibrer, c'était de dessiner pour lui. Pas pour les autres, pas pour un devoir. Pour lui et lui seul.

« Tu. Es. Génial ! »

Taeil faillit basculer quand Junwoo poussa cette exclamation ravie en se redressant soudainement. Il enroula aussitôt les bras autour du corps svelte du garçon fleur et lui embrassa la joue par réflexe.

« Merci ! Merci ! Merci ! C'est ça, oui, c'est les notes ! Ça m'insupporte tellement, je veux pas peindre pour que le prof aime, je veux peindre parce que moi j'aime faire ça ! Mais j'y peux rien, dès que ça a un rapport avec le cours c'est comme si plus rien m'inspirait, c'est tellement… faux. »

Sa gaité soudaine partit avec le soupir qu'il poussa.

« Tae, qu'est-ce que je dois faire, alors ? Ça veut dire que je pourrai jamais rien représenter de touchant tant que je le ferai dans le cadre de mes projets scolaires ?

— Pas nécessairement. Mais c'est à toi de répondre à cette question, Junwoo. À toi seul.

— En fait, vous êtes du genre grands sages, vous les fleurs, c'est ça ?

— Je perçois du sarcasme…

— Tu perçois bien, petit pétale. »

Un sourire malicieux au visage, Junwoo s'amusa du rougissement qui fleurit délicatement sur les joues de Taeil. Jamais ce dernier n'avait entendu un tel surnom, et il devait bien avouer que s'il en était gêné, il n'était pourtant pas contre : étrangement, ça sonnait bien, surtout lorsque Junwoo le prononçait avec cette voix profonde si proche du murmure. Ça donnait des airs de confidence à ce terme qui se voulait affectueux aussi bien que taquin.

Le peintre ne se rendit compte qu'à cet instant de leur position : si d'abord il avait été surpris que Taeil s'installe ainsi sur lui, il avait rapidement oublié ça lorsque le garçon fleur avait commencé à l'interroger. Désormais, en revanche, leur posture lui revenait en mémoire et il toussota pour cacher son embarras : passionné par l'art, il voyait la beauté partout. L'amour aussi. Son cœur était capable de battre pour n'importe qui, tant que c'était une personne au charme envoûtant – aussi envoûtant que celui de Taeil, par exemple.

« Tu... veux bien descendre ? demanda-t-il.

— Pourquoi ? Moi je suis bien ici... et puis tu veux pas aller peindre aujourd'hui, n'est-ce pas ? »

Le ton espiègle de Taeil laissait peu de doutes quant au sens de sa réponse : « je descendrai uniquement si tu vas peindre ensuite ». Or, joignant le geste à la parole, le garçon aux yeux azur enroula les bras autour de la taille de Junwoo et se blottit contre lui, la tête dans le creux de son cou.

« T-Tae, qu'est-ce que...

— Dodo, je suis bien là. »

Et, dans une volonté innocente de se placer au mieux pour être confortablement installé, Taeil bougea, remua un court instant son bassin contre celui de l'étudiant qui déglutit à ce contact des plus improbables. Il se sentit nerveux.

Mais il était loin de détester ça.

« Bon, Tae, t'as gagné, je vais peindre, c'est bon.

— Ok, moi je reste là.

— Décidément, on pourra dire ce qu'on veut, ça a pas de cerveau, une plante…

— J't'emmerde.

— Eh… d'où tu connais des mots pareils ?

— Les apparences sont parfois trompeuses : une fleur est douce mais peut devenir très vulgaire. »

Et Junwoo ne put pas s'empêcher d'imaginer Taeil faire preuve d'une tout autre forme de vulgarité.

Après s'être maudit pour avoir des pensées si impures à l'égard de son ami, Junwoo finit par opter pour la méthode forte : il repoussa vivement Taeil dans un « bon, maintenant on se lève » qui fit couiner le garçon fleur. Ce dernier leva de grands yeux tristes en direction de son ami, une moue de chien battu au visage.

« Jun-ah, câlin, » geignit-il en regardant le peintre à travers ses longs cils.

Ciel qu'il était beau…

Durant les quelques jours qu'ils avaient passés ensemble, en effet, Junwoo avait pu se rendre compte que Taeil était quelqu'un de jovial, mais également de très tactile. Il s'était révélé particulièrement affectueux au matin du deuxième jour, sans doute après avoir compris que le peintre ne lui ferait réellement aucun mal et qu'il pouvait avoir confiance en lui. Ça plaisait à Junwoo qui le trouvait encore plus mignon que d'habitude les soirs où il se blottissait contre lui pour regarder la télévision avant de se coucher. Ce matin-là néanmoins, ça ne l'arrangeait pas beaucoup d'avoir son petit pot de colle tout contre lui.

« D'abord on prend le petit déjeuner, répliqua donc Junwoo.

— Et ensuite câlins ?

— Euh...

— S'il te plaît.

— Oui, oui, si tu veux, petit pétale. Allez, perdons pas de temps : le travail nous attend ! »

Ce fut ravi que Taeil fila à la cuisine. Une fois leur premier repas de la journée avalé, les deux garçons échangèrent une longue étreinte comme Junwoo les adorait sans l'avouer : Taeil avait une peau lisse, chaude, si agréable au toucher. Et puis... il sentait si bon, c'était enivrant.

Après lui avoir reproché d'être un véritable enfant, Junwoo relâcha son ami puis alla passer un sweat par-dessus son t-shirt. Taeil le suivit du regard et l'attendit : il ne se changeait jamais, le peintre doutait même qu'il lui arrive de retirer ses vêtements. Il fallait bien admettre que lorsque le garçon fleur était allé à la douche, son ami s'était demandé s'il se déshabillait ou non... question stupide, en soi, mais qui avait eu le mérite de le faire cogiter quelques minutes malgré tout.

Et de nouveau les jours passèrent.

Et de nouveau les deux jeunes gens se rapprochèrent.

Ça ne demeurait rien de plus qu'une profonde amitié, mais c'était un lien fort qui les unissait. Taeil ne s'était toujours pas montré devant Kyunghoon, Junwoo ignorait d'ailleurs si lui-même avait envie de lui présenter cette étrange créature. Ils vivaient ensemble paisiblement, et à son tour Junwoo avait fini par apprécier les marques d'affection – par en réclamer, même.

Malheureusement, le garçon fleur comptait rentrer chez lui bientôt.

Junwoo lui avait montré à l'aide d'une carte le chemin qu'il leur faudrait emprunter pour gagner la forêt d'où Taeil lui avait dit provenir. Ce dernier avait alors regardé avec émerveillement cette carte sur laquelle était tracée une ligne rouge qui ne lui semblait pas si longue qu'il aurait pu le craindre.

Junwoo, au terme de six jours supplémentaires, avait terminé sa peinture. C'était un petit tableau aux détails d'une précision époustouflante. Taeil, redevenu humain, vint auprès de lui pour admirer le chef-d'œuvre. Immédiatement, il le félicita.

« Tu trouves… qu'on ressent quelque chose ? » s'enquit Junwoo.

Car, l'excitation passée, il ne jugeait pas cette œuvre différente des autres. C'était sublime, mais sans vie. Sans émotion.

« C'est désespéré, souffla Junwoo.

— Moi je trouve ça vraiment beau.

— Oui, mais c'est si vide…

— T'avais envie de le dessiner, ce tableau ?

— Pour les notes, seulement.

— Qu'est-ce que t'as envie de peindre ?

— On s'en fout, je dois rendre mon devoir dans quelques jours. C'est trop tard pour recommencer.

— Alors tant pis, rends une esquisse, un croquis, un simple brouillon. Mais rends quelque chose que t'auras fait pour le plaisir, l'encouragea Taeil.

— Mais j'ai rien envie de dessiner sur le thème des fleurs. C'est des plantes, merde, c'est pas ça que j'aime dessiner... Je préfère encore peindre les paysages, les gens... pas de l'herbe.

— Alors tu sais quoi ? Oublie le thème. Tant pis pour les fleurs. Rends à ton prof quelque chose que t'auras aimé représenter. Je suis sûr que ça pourrait le faire quand même.

— Ça j'en doute.

— C'est pas une raison suffisante pour ne même pas essayer.

— Tae...

— Tu me déçois, Junwoo. »

Sans lui laisser le temps de finir sa phrase, Taeil l'avait coupé et, l'air attristé, il tourna le dos à l'étudiant pour quitter la pièce. Junwoo n'eut qu'une seconde d'hésitation, une unique seconde pendant laquelle mille pensées lui traversèrent l'esprit.

Ce qu'il avait envie de dessiner... ce qui lui ferait réellement plaisir.

« Tae, attends ! »

L'autre se stoppa, arrêté net par la main de son ami autour de son poignet. Junwoo plongea un regard désespéré dans le sien :

« S'il te plaît... laisse-moi te dessiner. »

Surpris, le garçon aux cheveux saphir mit quelques instants à répondre. Il se contenta, en vérité, de hocher doucement la tête en signe d'approbation. Junwoo l'en remercia avec sincérité, soulagé : à mesure que les jours passaient, ses sentiments pour Taeil changeaient. Il n'était pas encore certain du nom qu'il devait leur attribuer, mais il savait une chose : ce n'était plus une simple amitié.

Alors il voulait peindre ça, il voulait peindre ce qu'il ressentait pour sa magnifique fleur, son délicat petit pétale.

« Encore ? s'étonna Taeil sans comprendre.

— Oui, mais sous ta forme humaine.

— Ma… forme humaine ? »

Junwoo hocha la tête de manière presque frénétique. Oui, sa forme humaine, celle de laquelle il était tombé… non, c'était trop tôt pour mettre un tel mot sur ses sentiments.

D'un seul regard, l'étudiant avait convaincu l'autre qui opina, touché par l'étrange désespoir qu'il voyait briller dans ses yeux. D'une certaine manière, ça lui faisait plaisir que Junwoo ait envie de le représenter, lui, Taeil. Il se sentait toujours plus libre ainsi, c'était l'apparence qu'il préférait. Revêtir ce déguisement de fleur était pesant pour lui qui se sentait alors emprisonné dans ce corps immobile.

Les Saphirs en effet ne se transformaient que la nuit, dissimulés sous des buissons, ou bien lorsqu'ils pressentaient un danger et souhaitaient se cacher. Être sous sa forme de plante, pour Taeil, c'était synonyme de contrainte et de passivité. Lui qui avait le cœur aventureux, c'était quelque chose qu'il détestait.

« Tu veux me dessiner comment ? s'enquit Taeil en revenant sur ses pas pour se poster devant lui.

— J'ai une idée. Attends. »

Junwoo fila auprès du guéridon. Il en retira la plupart des fleurs et des décorations avant d'inviter son ami à s'y installer. L'autre, ne sachant pas quelle posture adopter, lui posa la question. La réponse fut simple : celle qui le mettrait à l'aise.

Taeil donc se décida à s'asseoir de sorte que le bout de ses pieds nus touche le sol en se croisant, et, les jambes écartées, il appuya entre elles ses deux mains à plat sur la petite table. Le corps légèrement penché en avant, la tête de côté, il affichait un sourire innocent qui fit de lui, aux yeux de Junwoo, un véritable ange.

« Parfait ! »

Et les jours suivants, les deux garçons les passèrent ainsi : Taeil posait et Junwoo s'appliquait pour faire de son mieux. Tant pis pour les pinceaux, la peinture et la couleur : il griffonnait une page de son carnet à l'aide de vulgaires crayons de papier.

De peur que Kyunghoon ne les surprenne, Junwoo lui avait demandé de ne plus venir à l'atelier jusqu'à la fin de la semaine. L'autre avait acquiescé, songeant qu'il voulait sans doute terminer tranquillement son projet.

Un soir cependant ils s'étaient croisés dans les escaliers. Kyunghoon avait écarquillé les yeux en voyant Junwoo accompagné d'un jeune homme à l'aspect aussi particulier. Son cadet, empourpré par l'embarras, lui avait simplement lâché un « je t'expliquerai plus tard », avant de saisir la main de son ami pour le tirer à sa suite. Taeil avait offert un salut poli et un large sourire à Kyunghoon qui lui avait trouvé l'air charmant.

D'autant plus qu'il connaissait les goûts de Junwoo en matière de relation, si bien qu'il se demanda si les deux garçons en entretenaient une…

La veille du jour où il lui fallait rendre son devoir, Junwoo acheva son croquis. Il était d'une beauté à couper le souffle. Le peintre avait les yeux qui brillaient devant ce dessin : tout jusqu'au regard de Taeil était plus vrai que nature.

Et on y décelait une telle affection pour le modèle…

« Alors ? s'enquit Taeil en quittant son petit perchoir. C'est bien ?

— C'est… parfait. »

Les traits au crayon de papier donnaient un effet brouillon, Junwoo n'avait plus le temps ni le courage de les repasser correctement avant de rendre son travail : il était épuisé, déjà ses paupières cherchaient à se clore seules.

Voyant la fatigue qui s'emparait brutalement de son ami, Taeil sentit un sourire étirer ses lèvres. Il prit avec une extrême prudence le dessin d'une main, et la main de son peintre de l'autre.

« Viens, dit-il, on devrait y aller. Depuis quand on s'est pas reposé plus de cinq heures ?

— Merci… »

L'atelier fut refermé, les deux garçons montèrent les deux étages qui les séparaient du studio de Junwoo et ils ne tardèrent pas à aller se coucher. En revanche, quelques secondes à peine après qu'ils s'étaient installés dans leur lit…

« Jun-ah ?

— Oui ? lui répondit la voix fatiguée du peintre qui dormait déjà à moitié.

— Demain tu me ramèneras dans la forêt ?

— Demain soir, oui, comme promis. »

Sans comprendre exactement pourquoi, Junwoo eut plus de mal qu'il ne l'aurait cru à prononcer ces mots. Il savait qu'il tenait à son petit pétale, mais à ce point… ?

« D'accord… merci.

— C'est moi qui te remercie, Tae, t'as fait tellement pour moi, tu te rends pas compte…

— Dis…

— Oui ? »

C'était pour Junwoo de plus en plus difficile de lutter contre le sommeil, mais il suffit d'une phrase de son ami pour le réveiller de manière brutale :

« Je peux dormir avec toi cette nuit ? »

Pendant environ deux secondes, rien ne se passa dans le cerveau de Junwoo. Son système nerveux semblait à l'arrêt, aussi stupéfait que lui. Puis, comme il aurait fallu s'en douter, la panique succéda à la stupéfaction, et dans son esprit, ce fut un bordel monstre.

L'apocalypse.

« Dans mon lit ? lâcha Junwoo.

— Oui… tu voudrais bien ?

— B-Bah oui, s-si tu veux… »

Taeil, qui l'avait rarement entendu bégayer, gloussa. Dans la pénombre de la pièce, Junwoo vit la silhouette élancée de son ami se redresser, d'abord assise, puis se relever pour le rejoindre. Le peintre lui laissa le plus de place possible, de sorte à éviter tout contact. Le malheureux avait en revanche oublié un détail…

« Jun, câlin… »

Impossible de résister à une petite moue de Taeil, même sans la voir. Impossible de repousser cet être irréel et si attachant. Junwoo ne le repoussa pas : il le prit dans ses bras et sourit en le sentant se blottir contre son corps. Ils étaient si proches… alors que le lendemain ils seraient si loin.

Junwoo ne tarda pas à s'endormir, avec au cœur une joie éclatante mêlée d'une bien terne mélancolie.

À son réveil le jour suivant, Taeil était toujours contre lui. Il lui caressa les cheveux pendant quelques instants qui suffirent à le tirer de son sommeil en douceur. Un tendre « coucou » fut murmuré, les deux garçons échangèrent un regard, un regard qui fut si intense qu'il sembla les attirer irrémédiablement l'un à l'autre.

Tous deux, le cœur battant, sentaient leur visage se rapprocher de celui qui causait ce tambourinement fou. Leur nez et leurs lèvres se frôlaient désormais, le temps n'existait plus – du moins à leurs yeux – et Junwoo déglutit devant la splendeur de son ami au réveil. Il voudrait se réveiller à ses côtés tant d'autres fois...

Ils étaient sans s'en apercevoir prêts à franchir l'ultime barrière qui séparait l'amitié de l'amour quand Taeil se déroba : il s'assit, les joues teintées d'un pourpre qui lui seyait à merveille, et il se frotta la nuque en mimant de s'étirer. Junwoo, déçu quoique peu surpris, décida de ne pas faire grand cas de ce qui aurait pu se passer quelques secondes plus tôt.

Il quitta le lit, et jusqu'à tant qu'il parte pour l'université on pouvait sentir une tension entre les deux jeunes gens. Ce n'était pas ce genre de tension qui se trouvait provoquée par la gêne d'un baiser qu'on avait failli échanger. C'était une tension bien plus douloureuse : celle de savoir que la séparation n'allait plus tarder alors que, de toute évidence, ni l'un ni l'autre ne la souhaitait.

La tension, pour Junwoo, laissa la place à un émouvant soulagement lorsque son professeur, devant son croquis, demeura muet, admiratif. Tout était si tendre, si sincère et sobre à la fois...

Ce fut ainsi, au moment où il ne s'y intéressait plus, que le jeune peintre apprit qu'il serait premier de sa promotion. Parce que Junwoo, désormais, s'en moquait de ses notes. Tout ce qui comptait, c'était Taeil.

Taeil qui avait su lui ouvrir les yeux sur son art.

Taeil qui avait su lui ouvrir les yeux sur ses sentiments.

Taeil… qui était parti lorsque Junwoo rentra chez lui en fin de journée.

Le garçon fleur avait emporté la carte pour trouver son chemin et avait laissé derrière lui un simple mot. Son écriture, parce qu'il la travaillait trop peu, était large et prouvait qu'il avait pris un soin tout particulier à tracer chacun de ses jamos[4]. Il y expliquait brièvement qu'il lui fallait retrouver les siens. Or il sentait que son cœur ne lui permettrait pas de s'en aller si Junwoo était à ses côtés, si bien qu'il avait décidé de profiter de l'absence de son ami pour regagner son vallon. La promesse qu'il reviendrait tôt ou tard le voir réchauffa l'âme de l'étudiant de qui le corps tremblait sans même qu'il s'en rende compte.

La lettre se terminait quelques lignes plus bas : après lui avoir souhaité toute la réussite qu'il méritait pour son immense talent et sa passion, Taeil avait ajouté un petit « je t'aime ».

Ce furent ces derniers mots qui firent monter les larmes aux yeux de Junwoo.

Son si précieux petit pétale…

---

[4] *Lettres de l'alphabet coréen.*

Le garçon arc-en-ciel

Yejun retourna mollement à son bureau, sa tasse de thé brûlant entre les mains. Il la posa dans un coin où elle ne le gênerait pas, et il reprit son activité là où il l'avait laissée : il traînait sur internet et se renseignait à propos des dernières actualités musicales. Le jeune homme en effet, passionné par cet univers, avait choisi le métier de vendeur dans une boutique qui proposait tout type de CD, vinyles, cassettes audio, etc. Ça lui tenait à cœur au point qu'il s'informait chaque jour sur les divers courants qui existaient et avaient existé, et il maîtrisait à la perfection aussi bien le répertoire du groupe de Kpop à la mode que celui de Schubert – son intérêt pour le piano y participait, naturellement.

Il naviguait sur internet comme sur un océan de savoirs, pêchant ce qui lui paraissait nécessaire pour conseiller au mieux chaque client. Pourtant, ce qu'il préférait, c'était quand une personne lui demandait un morceau qu'il ne connaissait pas. De cette manière, sa curiosité était piquée, et le soir venu, dans son petit studio, il passait des heures à découvrir ce qu'il considérait parfois comme de véritables pépites jusque-là enfouies dans les abysses.

Le thé lui brûla agréablement la gorge, Yejun en frémit de plaisir. Il faisait encore frais en ce début de printemps. Le jeune homme en aurait bien profité pour se promener un peu, lui qui n'appréciait guère la chaleur estivale, malheureusement il pleuvinait. Oh bien sûr, ce n'était pas quelques gouttes d'eau qui allaient lui faire mal, néanmoins il n'aimait pas avoir ensuite à étendre ses vêtements humides et faire sécher ses chaussures. De fait, il avait décidé que son jour de repos, il le passerait à se relaxer chez lui, après s'être chargé de quelques courses dans la matinée.

Une bonne heure plus tard, alors qu'il avait abandonné sa tasse dans l'évier et se trouvait allongé sur son lit, il était en train de s'endormir quand son regard fut attiré par un reflet sur l'écran éteint de son ordinateur. Yejun glissa une main fatiguée dans ses cheveux bruns qui ne demandaient qu'à être coupés, et il leva le buste pour jeter un coup d'œil rapide par la fenêtre : le soleil était revenu, et avec lui une superbe traînée colorée.

Yejun devait bien admettre qu'il n'était pas un passionné de la nature – au contraire, il préférait rester chez lui devant ses écrans avec sa musique. Pourtant, certaines choses demeuraient capables de l'émerveiller : il rêvait d'aller voir les aurores boréales, il se sentait ému face à un ciel percé de mille étoiles, et il adorait les arcs-en-ciel. Ces derniers lui rappelaient son enfance : sa mère lui racontait qu'une vieille légende prétendait qu'au pied de chacun d'entre eux se trouvait un véritable trésor, et que c'était de là que jaillissait cette lumière irréelle. Or, jamais les esprits ne laissaient bien longtemps leur précieux coffre en vue : dès lors qu'ils apercevaient l'arc-en-ciel, ils se hâtaient de venir le refermer, pour que personne ne le leur vole. C'était pour cela que ces phénomènes s'avéraient si éphémères.

Yejun se mordilla la lèvre inférieure tandis qu'un sourire se dessinait sur ses lèvres : il aimait beaucoup cette histoire, il s'était souvent imaginé cet énorme coffre débordant de pierreries aux couleurs du rayon éclatant. Ainsi, probablement parce qu'il n'avait pas le courage de se remettre au travail, il enfila ses chaussures et quitta son appartement en coup de vent : l'arc-en-ciel arborait des teintes d'une vivacité qui prouvait qu'il lui faudrait encore de longues minutes avant de s'effacer, si bien que Yejun songeait qu'il pouvait en obtenir une sublime photographie.

Le jeune homme descendit les escaliers quatre à quatre et, arrivé en bas de sa résidence, il s'élança en direction de l'arc-en-ciel. Il y avait un parc à cinq minutes d'ici, parc où semblait se planter l'un des pieds de lumière. Yejun était certain que de là-bas, il pourrait prendre le plus joli cliché de sa vie. Il avait déjà capturé quelques images d'arcs-en-ciel, mais cette fois-ci, il éprouvait l'intime conviction qu'elle serait différente.

Yejun comptait parmi ceux qui ne savaient pas résister à l'instinct, aux soubresauts du cœur. Ça expliquait d'ailleurs pourquoi il avait plaqué ses études de droit : un ami lui avait proposé de travailler dans la boutique de musique de son oncle, et Yejun, passionné, avait aussitôt accepté. Il avait tout abandonné seulement trois semaines avant ses examens, et il n'avait jamais regretté ce choix pour lequel ses parents lui en avaient longtemps voulu – avocats, ils se réjouissaient à l'idée que leur fils suive leur chemin. Yejun, il était comme ça : impulsif, mais déterminé au point que tout ce qu'il entreprenait réussissait.

Après moins de deux courtes minutes de course, Yejun atteignit le parc. Il ne s'était pas trompé : d'ici, l'arc-en-ciel était sublime. Sa vivacité cependant déclinait déjà, si bien que le garçon se hâta de tirer son portable de sa poche. Il pointa l'objectif sur l'arc duquel il fut ravi de pouvoir saisir la beauté. Les photos s'enchaînèrent, et Yejun s'en réjouit. Il lui semblait retomber en enfance, enthousiasmé par ce que la nature pouvait produire.

Peu à peu, l'arc-en-ciel, duquel le pied paraissait bouger en même temps que le jeune homme, s'effaça. Les nuages n'avaient pas disparu, mais le soleil, si. Le ciel menaçait.

Yejun l'observait, songeant avec un rictus à l'histoire que lui racontait sa mère. Combien de fois, étant petit, il avait tenté de rejoindre la base d'un arc-en-ciel… malheureusement, parce qu'il s'agissait d'un effet d'optique obtenu par réfraction de la lumière, il était impossible, en vérité, d'en atteindre le point de départ. Lorsque l'on se déplaçait, il se déplaçait également. Ça expliquait sans doute pourquoi il existait une telle légende à ce sujet : les mirages alimentaient nécessairement l'imaginaire, et l'on y inventait des trésors.

Son cœur se remplit de joie à l'idée que son trésor, il l'avait gagné : ses photos étaient magnifiques, on y voyait le parc surplombé par des couleurs flamboyantes, images dignes des plus impressionnantes représentations du paradis. Il lui semblait avoir capturé la Beauté elle-même.

Le nez sur son smartphone, Yejun cligna cependant des yeux lorsqu'il fut ébloui par un petit objet perdu au milieu de l'herbe humide. Curieux, il se baissa et s'en saisit : un anneau en fer blanc. Un anneau banal, mais dont Yejun songea qu'il irait bien avec ceux qu'il portait déjà. D'un regard circulaire, il chercha son éventuel propriétaire ; personne. Seul le vent se manifestait, mugissant de sorte que les arbres alentour bruissaient. Ils semblaient murmurer dans un langage que personne d'autre qu'eux ne pouvait comprendre. Un frisson fit trembler Yejun qui décida de filer avant d'attraper un rhume.

Une bague de gagnée : il l'avait peut-être vraiment trouvé, le trésor du pied de l'arc-en-ciel, finalement.

Ravi de sa brève sortie, Yejun rentra chez lui, l'anneau à son index droit, et alla prendre une douche, abandonnant son sac dans l'entrée. Il en tira uniquement son smartphone pour mettre de la musique, comme à son habitude.

Une vingtaine de minutes s'écoula avant qu'il ne quitte la salle de bains, dont il laissait systématiquement la porte ouverte lorsqu'il se lavait : habitué en effet à profiter de douches brûlantes, mieux valait qu'il permette à la buée qui s'en échappait de ne pas se condenser dans la pièce. Il craignait qu'elle n'imbibe les murs. Dans son enfance, sa mère lui demandait de ne pas fermer la porte en sortant de la salle de bains, si bien que maintenant qu'il vivait seul, il ne la fermait même plus quand il s'y trouvait – au moins, de cette façon, il n'oubliait jamais.

Il attrapa son sac en retournant à sa chambre et, lorsqu'il souhaita l'ouvrir, il fut étonné de découvrir qu'il l'était déjà. Dans un haussement d'épaules indifférent, Yejun en tira ses écouteurs qu'il enroula dans un coin de son bureau, là où ils ne le gêneraient pas. Il se remit sur son ordinateur et se plongea dans ses musiques, concentré sur son écran. Il était si concentré, d'ailleurs, que le livre qui tomba le fit sursauter. L'espace d'un court instant, son cœur lui parut douloureux de cette surprise si soudaine.

Il quitta sa chaise dans un grognement agacé ; sa bibliothèque était loin d'être remplie, si bien qu'il arrivait régulièrement qu'un livre s'écroule tout à coup du côté où il ne se trouvait rien pour l'en retenir. Yejun songeait à combler ces vides par de petits rangements pour ses CD, mais il n'avait jamais le courage d'en chercher en magasin ou bien sur internet.

De retour à son bureau, il reprit son activité en paix, toutefois il fut coupé dans son élan par un scintillement peu commun : sa chambre était gorgée de soleil maintenant que les nuages s'étaient dissipés, et ce ne fut qu'alors que Yejun s'aperçut que la bague qu'il portait à son doigt était passée d'une teinte ivoire banale à une multitude de couleurs qui paraissaient onduler sur le métal. Fasciné par cette iridescence, il ne put en détacher le regard. Un instant, il crut en la magie tant cette splendeur l'envoûtait. C'était irréel…

Distrait toute la soirée par son anneau redevenu blanc aussitôt que le soleil avait disparu, Yejun alla se coucher avec une sensation inexplicable. Il lui semblait que ce bijou appartenait à quelqu'un qui le cherchait probablement, et il s'en voulut d'être parti avec. Peut-être s'agissait-il même d'un cadeau, de quelque chose d'inestimable non d'un point de vue économique mais sentimental.

Pourtant, en dépit d'une bonne demi-heure de recherches sur internet, Yejun ne trouva aucun article similaire à celui qu'il portait à l'index. Un modèle unique ? Non, sans doute plutôt un produit épuisé ou bien en arrêt de commercialisation. Dans un cas comme dans l'autre, ça le rendait plus précieux encore.

Il avait prévu d'appeler, dès le lendemain, son meilleur ami – celui qui lui avait offert ce travail dans la boutique de son oncle. Il ne s'y connaissait pas beaucoup plus que lui en bijoux, mais il suffisait qu'il en ait entendu parler à la télévision ou bien sur les réseaux. Yejun pouvait toujours espérer un coup de chance.

Malheureusement, les jours passèrent sans qu'il obtienne la moindre information au sujet de l'anneau. Son meilleur ami ne l'avait même pas cru quand il le lui avait décrit, au téléphone, il avait fallu qu'ils se retrouvent autour d'un dîner pour qu'il découvre en personne ce que Yejun jugeait comme son petit miracle. L'autre cependant s'était montré sceptique : ce n'était à ses yeux rien de plus qu'une bague fantaisie pour enfants, avec de jolies couleurs au soleil. Yejun avait répliqué que dans ce cas, c'était étrange qu'une telle bague aille à un homme, et son interlocuteur avait rétorqué que ça se voyait que l'anneau était un peu trop serré pour lui – ce n'était pas faux, mais Yejun ne comptait pas le retirer, alors il s'en moquait.

Et puis… il y avait quelque chose qui ne collait pas. Du moins, il y avait quelque chose qui gênait Yejun, dans cette histoire : qu'il tombe sur cette bague justement au moment où il se hâtait d'aller prendre un arc-en-ciel en photo, c'était plus qu'une simple coïncidence. Sans compter que… il ne pouvait pas l'expliquer, mais il était convaincu que non, ce n'était pas un bijou aussi insignifiant que ce que supposait son ami. Ce dernier ne s'en était peut-être pas aperçu, mais Yejun sentait émaner de la bague une aura – presque une énergie – indescriptible.

Ce fut au terme d'une semaine que Yejun ne la regarda plus comme un banal hasard sur son chemin : son sac ouvert, le livre qui avait chuté… ils n'avaient été que les premiers d'une longue série que le jeune homme se mit à trouver inquiétante. Dès lors qu'il quittait une pièce pendant plus d'une dizaine de minutes, il pouvait être certain de retrouver un objet très légèrement bougé, une couverture mal replacée, ou bien n'importe quoi qui tendait à prouver qu'une présence s'était ajoutée à la sienne… depuis qu'il était rentré avec l'anneau.

C'était furtif, et si Yejun avait d'abord songé qu'il n'était tout simplement pas très attentif, peu à peu le gagna la conviction que non, ce n'était pas lui qui était à l'origine de ces infimes désordres dans son studio. Le garçon ne croyait à rien d'autre qu'à la réalité tangible, il riait à l'idée même d'une vie après la mort, et il ne comprenait pas ceux qui prétendaient tel ou tel endroit hanté par une présence quelconque.

Pourtant, à mesure que les heures puis les jours filaient, il lui fallait se rendre à l'évidence : il était impossible que l'on passe par la fenêtre par effraction – il habitait au sixième étage, merde ! – et en une semaine il s'était produit trop d'évènements pour qu'il puisse se croire fou. Des objets étaient bel et bien déplacés, quelqu'un se promenait bel et bien chez lui, même quand il s'y trouvait.

Et ça, malgré l'évidence que ça constituait à ses yeux, il ne pouvait pas l'admettre. Tant de choses demeuraient incohérentes : ces intrusions inexplicables avaient lieu uniquement en journée, jamais il n'advenait quoi que ce soit la nuit. Pourquoi ? Yejun n'en avait strictement pas la moindre idée. Ce n'était pourtant pas logique : pourquoi s'infiltrer chez lui seulement le jour ? C'était à ce moment-là qu'il s'avérait le plus susceptible de se rendre compte de cette mystérieuse présence, ça n'avait pas de sens !

De même, Yejun avait remarqué que deux jours plus tôt, il ne s'était rien produit… et deux jours plus tôt, il avait plu pour la première fois depuis que Yejun avait vu l'arc-en-ciel. Le jeune homme avait cru que ça signifiait qu'on le laisserait enfin en paix, toutefois le lendemain, ça avait recommencé : un chausson avait été bougé pendant son absence. À peine bougé, mais bougé : avec ces évènements, Yejun demeurait sur ses gardes, de plus en plus méticuleux quand il s'agissait de ranger ses affaires. Ça en frôlait le toc.

Il avait aligné quatre crayons sur son bureau : le premier était tout droit, le deuxième légèrement penché du côté du premier, le troisième un peu décalé vers le bas, et le quatrième droit à nouveau, identique au premier. Eux, ils ne se déplaçaient jamais. Sa clé USB, abandonnée tout près, ne se déplaçait jamais non plus. Ce qui était déplacé, c'était son oreiller, ses livres, ses vêtements, ses CD, ses produits ménagers, etc. Tout ce qui n'était pas posé en évidence. Yejun jurerait qu'on fouillait chez lui dans l'espoir de trouver quelque chose… et c'était la peur au ventre que ce jour-là, une semaine après l'avoir ramassée, il songea que c'était très probablement sa bague, la raison de tout ce qui lui arrivait.

C'était un dimanche. Yejun venait de terminer son service et de rentrer chez lui. Allongé sur son lit, il levait désormais la main pour observer à son doigt l'anneau briller. Depuis qu'il l'avait, il laissait constamment les volets de son studio ouverts. Il ne se lassait pas de cet éclat surnaturel. Sans doute était-ce étrange au vu de ce qu'il le soupçonnait d'avoir provoqué, mais le bijou le rassurait, l'apaisait. Il dégageait quelque chose de relaxant. Sa lueur cependant s'éteignit brutalement en même temps que la pièce s'assombrissait : un épais nuage passait devant le soleil – pas étonnant, la météo avait prévu un temps changeant après les intempéries advenues deux jours plus tôt.

Son cœur bondit lorsqu'il entendit un hoquet de surprise.

Hoquet poussé par quelqu'un qui se trouvait cinq mètres plus loin, dans le coin opposé de son studio.

Yejun se liquéfia, son teint devint livide tandis qu'il fixait ce dont il espérait qu'il s'agisse d'une hallucination provoquée par la fatigue. Il dormait mal et mangeait moins ces derniers jours… mais jamais son esprit n'irait inventer cette apparition incroyable ! La tête lui tournait alors que devant lui, un garçon à l'allure frappante paraissait paniqué autant que lui, immobile et le visage effaré.

Yejun était horrifié : cet inconnu… il jurerait que c'était un fantôme. Pas de voile transparent, pas d'écho mystérieux, mais… il était blanc. Pas sa peau, non ; sa peau était teintée d'un rose pâle aussi délicat que celui d'une fleur au petit matin. Mais ses cheveux, ses iris et ses vêtements… couleur ivoire. Sa pupille d'ailleurs contrastait à peine avec le blanc de son œil, Yejun ne pouvait pas en détacher son regard agrandi par la terreur. Il ne voyait rien d'autre, ne prêtait pas attention à ses traits : tout ce qu'il voyait, c'était du blanc.

L'étranger haletait sous l'effet de l'anxiété, Yejun quant à lui ne respirait plus. Il avait entrouvert les lèvres, mais impossible de prononcer le moindre mot. Les deux secondes qui s'étaient écoulées depuis la disparition du soleil avaient paru deux heures. Ils se fixaient sans un bruit, tous les deux aussi effrayés l'un que l'autre.

Yejun sentit sa gorge brûler, et le stress fit naître une larme au coin de son œil. Il prit une profonde inspiration dans l'espoir de calmer son souffle, qu'il savait susceptible de lui jouer des tours. Le jeune homme en effet avait souffert de bouffées d'angoisse à la fin de sa scolarité – raison pour laquelle il avait sauté sur l'occasion dès qu'on lui avait proposé un emploi dans le commerce. Il ne supportait tout simplement plus la pression. Or, désormais, il sentait peser sur sa cage thoracique une crainte qu'il n'avait plus vécue depuis bien longtemps.

Sa respiration se hacha petit à petit, et très vite une grimace de douleur prit place sur son visage tandis qu'il posait la main sur son torse, au niveau de son cœur. Huit secondes étaient passées, huit misérables secondes, mais cet intrus chez lui avait engendré un choc monstrueux. Son sang pulsait dans ses tempes, il entendait ses propres palpitations.

Il se recroquevilla sur lui-même, lâchant finalement l'inconnu du regard. Au même moment, les prunelles incolores de l'autre tombèrent sur ses doigts et s'illuminèrent soudain. Il esquissa un pas en avant sans quitter son objectif de vue. Yejun n'y prêtait plus attention, focalisé sur son cœur qui s'emballait et lui paraissait comprimé.

« Je te ferai rien, rends-moi juste ma bague. Tu l'as prise, mais elle est à moi. Je veux juste la récupérer. »

Yejun trembla et sentit ses muscles se crisper. L'apparition possédait une voix aussi envoûtante que la couleur de son corps, aussi pure et douce. Mais Yejun était tétanisé, et son cerveau saturait au point qu'il ne pouvait plus traiter la moindre information. Le pauvre garçon avait fermement clos les paupières, tentant autant que possible de réguler sa respiration alors même qu'une soudaine envie de vomir grimpait le long de son œsophage. Il avait chaud comme lors de ses pires fièvres et il toussa dans l'espoir que ça puisse l'aider à calmer son souffle.

Ça ne fonctionna pas.

« Mon anneau, donne-le-moi. »

L'inconnu s'était encore rapproché d'un pas, la main tendue de manière peu assurée vers son interlocuteur. Lorsque Yejun trouva finalement le courage de rouvrir les yeux et les diriger sur lui, sa proximité le terrifia. Il recula, toujours sur son lit, jusqu'à heurter le mur. L'impression d'être pris au piège immobilisa son corps torturé par la peur, et il ne fut plus en mesure de dissimuler sa crise : l'hyperventilation le faisait respirer de façon bruyante et hachée alors que des larmes se mettaient à perler sur ses joues. Il avait posé les deux mains contre son torse devenu douloureux, et entre deux respirations il toussa de manière plus franche. La souffrance désormais se lisait aisément sur chaque trait de son visage crispé.

« E-Est-ce que ça va ? hésita l'être surnaturel en se plantant devant lui, l'air étrangement affecté par son état.

— S'il vous plaît, me faites pas de mal, le supplia Yejun d'une voix brisée.

— Je te ferai rien, je veux juste mon anneau. »

Mais Yejun n'entendait rien, pas même sa propre voix : un acouphène aigu hurlait à ses oreilles, rythmé par les basses de son cœur qui continuait de cogner sans la moindre régularité. La tête lui tournait, tournait, tournait, et il amena à son front une main tremblante. Il n'avait pas remarqué que l'inconnu s'était éloigné.

À ses larmes s'ajoutèrent des sanglots qui l'empêchaient de retrouver ce souffle qu'il cherchait désespérément. Yejun tenta d'inspirer profondément, néanmoins sa gorge se bloqua ; impossible d'agir. Il essaya d'avaler une goulée d'air, il ne put que produire un son étouffé.

Sa crainte le dévorait, et en lui naquit une panique bien plus terrifiante encore : il n'arrivait plus à respirer. Dans un réflexe suicidaire, tous ses muscles s'étaient crispés, y compris sa trachée qui refusait tout mouvement. Yejun ferma les yeux, de toute façon ses larmes l'empêchaient déjà de voir.

Une main se posa sur son épaule, il ne bougea pas – il ne pouvait pas.

« Je t'ai amené un verre d'eau, bois. »

Une matière froide se déposa contre sa lèvre inférieure, il ne réfléchit pas une seconde : il entrouvrit la bouche sans s'interroger quant à un potentiel poison. Il se sentait déjà défaillir, et il préférait ne pas imaginer ce que la créature pourrait lui faire subir s'il perdait connaissance. Il but. C'était de l'eau fraîche, une eau salvatrice puisqu'il en avala de travers et se mit à tousser, retrouvant son souffle juste après. De ses mains tremblantes, il attrapa le verre. Il le termina entre deux profondes inspirations qu'il tenta de rendre calmes. L'inconnu l'aidait autant que possible, soutenant le récipient d'une main tandis qu'il lui appuyait l'autre sur l'épaule. De cette façon, Yejun ne risquait ni de faire tomber son eau ni de défaillir soudainement.

Le jeune homme se sentit revenir à lui peu à peu : jusque-là prisonnier d'une bulle étourdissante d'acouphènes et de palpitations, il reprit ses esprits lentement. Ses paupières papillonnèrent, ce fut alors qu'il remarqua l'intrus juste devant lui, l'intrus qui lui tenait son verre, l'intrus qui gardait une main sur lui. Il le repoussa d'un geste brusque qui tira un glapissement au garçon – c'était un garçon, n'est-ce pas ?

« Eh, attention, ça fait mal ! se plaignit-il.

— Q-Qui êtes-vous ? Qu'est-ce que vous me voulez ? balbutia Yejun.

— Je veux juste que tu me rendes mon anneau. »

Sur ces mots, il pointa la bague à l'index de son interlocuteur. Ce dernier posa les yeux sur l'anneau de métal blanc.

« Il est à toi ? lâcha-t-il.

— Oui, je le cherche depuis une semaine, pitié rends-le-moi, il est très précieux.

— Tu me laisseras tranquille quand tu l'auras, hein ?

— Promis juré ! Je veux juste ma bague ! »

Yejun voulut le croire. Il avait besoin d'y croire, sinon quoi il sentait que son cœur risquait bien de s'arrêter définitivement. Il approcha timidement la main de sa bague et tira dessus, puis les mots de son meilleur ami refirent surface dans son esprit : « c'est un truc pour les gosses, regarde : elle a l'air super serrée ». Yejun fronça les sourcils, tira plus fort.

« Qu'est-ce qui se passe ? s'inquiéta l'intrus. Allez, je plaisante pas, je veux mon anneau.

— J'arrive pas à l'enlever, murmura Yejun d'un ton plaintif.

— Si t'as pu la mettre, tu peux l'enlever.

— J'essaie. »

Malheureusement, après la peur qu'il venait de subir, ses mains tremblaient encore et ses forces l'avaient complètement quitté.

« J-Je peux aller mettre la main sous l'eau ? demanda-t-il en osant à peine lever les yeux sur la créature.

— Tant que j'ai ma bague, tu te débrouilles comme tu veux.

— Je me dépêche. »

Yejun s'écarta de lui, le contourna et descendit à l'autre bout de son lit afin de l'éviter le plus possible. L'étranger l'observa se relever, toutefois les jambes flageolantes du jeune homme refusèrent de le porter. Il vacilla, l'intrus tendit par réflexe la main vers lui mais se retint, conscient sans doute que Yejun repousserait son aide et prendrait peut-être même son geste pour une agression.

« Tu… ça va ?

— Oui, oui. Je fais vite.

— Te presse pas, hein… »

Yejun ne répondit pas, il se hâta autant que ses jambes le lui permettaient. Son inconnu le surveilla quitter la pièce et ne parut pas le suivre, ce qui rassura Yejun qui fila à la salle de bains. Il ne referma pas derrière lui, de crainte d'attiser la suspicion de l'étranger. Il voulait s'en défaire au plus vite, aussi bien de l'anneau que de son possesseur. Il était terrifié, ce qui expliquait ses gestes incertains. Il s'essuya les yeux, les leva pour fixer son reflet dans le miroir.

Son visage était rouge, ses joues humides. Une fois de plus, il prit une longue inspiration, se concentra sur lui-même. L'eau fraîche qui lui coulait sur les mains lui donnait l'impression de sérénité que tout son corps refusait d'accepter.

« J-Je peux entrer ? hésita le garçon vêtu de blanc.

— Non, s'il te plaît…

— Je veux pas te faire du mal… tu sais, cet anneau est très précieux pour moi, c'est un cadeau de mon grand-père. »

La révélation fit à Yejun l'effet que son intrus cherchait à le rassurer en lui confiant des informations personnelles. Or, ce qu'il désirait avant tout savoir, pour se sentir plus à l'aise avec lui, c'était…

« Comment tu fais pour rentrer chez moi ? C'était toi, toute la semaine, hein ? Je suis pas fou. »

L'inconnu baissa les yeux, l'air penaud – preuve de sa culpabilité.

« Oui, admit-il, c'était moi. Désolé. Je t'ai vu ramasser ma bague et je t'ai suivi.

— Comment t'as fait ? Comment t'as fait pour entrer ? répéta Yejun.

— Comment tu crois que j'ai fait ?

— Je crois que la réponse est trop incongrue pour que j'ose la prononcer. »

Les deux jeunes gens se dévisageaient, Yejun ne cherchait même plus à retirer l'anneau, trop concentré sur son étranger. Ce dernier laissa poindre un rictus sur ses lèvres, rictus qui lui donna l'air de s'amuser de la situation. Yejun fronça les sourcils.

« Vous ne croyez toujours qu'en ce que vous voyez, hein ? demanda l'être.

— Oui, mais je te vois, justement.

— Et avant ?

— Avant ?

— Avant que tu me voies, tu croyais quoi ?

— Que j'étais dingue, ou aveugle… ou les deux.

— Et désormais, qu'est-ce que tu crois ?

— Que c'est ton existence qui est dingue.

— Je suis quoi, d'après toi ?

— Pas un fantôme, déjà, mais je saurais pas dire.

— Effectivement, je suis pas encore mort, ricana-t-il. Bon, tu y arrives, maintenant ?

— Hein ?

— À l'enlever… mon anneau, précisa-t-il devant l'air perdu de Yejun.

— Ah… euh, oui, oui. »

Enfin le jeune homme se débarrassa du bijou. Lorsqu'il le retira, il lui sembla qu'un poids beaucoup plus lourd que la bague venait de lui être retiré, ce fut un inexprimable soulagement qui l'envahit. Son corps se réchauffa… et il serra l'objet dans sa main.

« T'es pas un humain, hein ? s'enquit-il.

— Non, effectivement.

— Alors quoi ?

— Les humains sont pas prêts à l'entendre.

— S'il te plaît. Je t'ai vu, je te vois. Je… je voudrais savoir.

— Je croyais que je t'effrayais, répliqua l'inconnu.

— Tu m'as prouvé que j'avais rien à craindre. Et… j'ai besoin de savoir. »

Il ignorait la raison de ce désir, sans doute cela provenait-il de la curiosité humaine, immense défaut dont Yejun ne prétendait pas être exempt. Quoi qu'il en soit, il souhaitait désormais savoir ce qu'était ce garçon aux traits si particuliers. En effet, maintenant qu'il ne le craignait plus, il regardait son visage, et il le voyait réellement. Il voyait, surtout, que l'ivoire de ses cheveux et de ses pupilles n'était pas la seule caractéristique qui le différenciait des hommes : il était d'une beauté à couper le souffle, une beauté irréelle, digne d'un être céleste.

« T'es un ange ? demanda-t-il donc.

— Un ange ? pouffa le mystérieux jeune homme. Oula non, mais merci de le croire ! Ça me flatte !

— Dis-moi et je te rends l'anneau.

— T'as pas peur de ce que je pourrais te faire si tu refusais de me le rendre ? »

Yejun déglutit. Ce sublime garçon aux airs juvéniles, la peau parfaite, les yeux en amande, le nez sculpté... dissimulait-il un être diabolique ?

« T'as raison, soupira-t-il pourtant, je ferais pas de mal à une mouche. Mais je veux vraiment ma bague, pitié : je t'ai dit à quel point elle comptait pour moi.

— J-Je vais te la rendre, promit Yejun, je veux juste que tu m'expliques. »

L'intrus coula un regard sur sa bague dans la main de l'humain. Il se mordit la lèvre inférieure, ses yeux prirent une expression peinée, et finalement il se décida à parler. Il désirait ardemment retrouver son bijou, et on lui avait déjà dit que certains hommes étaient bien différents de ce que les anciens prétendaient. Il voulait espérer que celui-ci était différent aussi.

« Je m'appelle Jihwan, et je suis un esprit de la lumière. Dans ma famille, on a un talent particulier pour les arcs-en-ciel, alors... voilà, c'est nous qui nous en occupons. Tout simplement. »

Yejun ignorait quoi répondre. Ça ressemblait à une blague, en même temps que c'était tiré par les cheveux au point qu'il se savait susceptible d'y croire.

« J'ai des capacités communes avec la lumière, poursuivit Jihwan. Quand le soleil brille, je peux voyager à la vitesse de ses rayons, traverser ce qu'ils traversent et me fondre en eux pour devenir invisible. C'est pour ça que tu m'as jamais vu jusqu'à aujourd'hui.

— C'est pas possible, souffla Yejun qui avait ouvert de grands yeux surpris.

— Attends, viens voir. »

Jihwan lui fit signe de quitter la salle de bain, un rictus malicieux au visage. Yejun obéit, ils retournèrent dans la chambre de nouveau baignée de soleil... et ce fut magique : Jihwan changea radicalement. Ses cheveux, ses prunelles et ses vêtements, sous l'effet des rayons lumineux qui traversaient la fenêtre, se teintèrent de couleurs pastel identiques à celles de l'arc-en-ciel. Il ne s'agissait pas de couleurs criardes, au contraire elles étaient douces et délicates, au moins autant que la beauté de ce jeune esprit de la nature.

Yejun ouvrit la main, et la bague se mit à briller du même éclat que son véritable possesseur, Jihwan. Aucun doute possible, elle lui appartenait bel et bien... et il n'était pas le moins du monde humain. Il était magnifique, il dégageait une aura telle que son interlocuteur ne pouvait plus détourner de lui son regard admiratif.

« C'est magnifique et... incroyable, murmura-t-il.

— C'est juste... moi, souffla Jihwan tandis que ses joues s'empourpraient de manière discrète – il n'avait pas l'habitude de recevoir des compliments de la part des autres esprits. Alors... je peux l'avoir ? »

Il tendit la main, et Yejun comprit. Il sentit un étau étrange lui serrer le cœur : Jihwan était si... sublime ! L'idée même de ne plus jamais le revoir lui laissait un goût amer. C'était comme renoncer à l'une des sept merveilles du monde : quel fou accepterait sans regret ?

Il se mordit la lèvre inférieure, conscient de sa promesse. Or, tandis qu'il redonnait l'anneau à son possesseur, il ne put s'empêcher de le supplier de revenir.

« Hein ? répondit Jihwan. Mais... tu ne voulais plus me voir, pourtant.

— Parce que je te voyais pas vraiment, avant.

— Et maintenant ?

— Maintenant je me demande comment je fais pour ne pas être ébloui...

— Je comprends pas...

— Est-ce que... c'est fou de vouloir en savoir plus à ton sujet ?

— C'est si tu le répètes à d'autres qu'on te prendra pour un fou, répliqua le jeune esprit.

— Je garderai ton existence secrète. »

Jihwan deviendrait son secret...

« Tu vas essayer de me faire du mal ?

— Si t'es réellement doué des pouvoirs dont tu m'as parlé, on n'a qu'à convenir de toujours se retrouver sur le toit de l'immeuble, comme ça tu pourras t'en aller dès que tu suspecteras quelque chose.

— Pourquoi tu veux me revoir ? Juste parce que je suis un esprit ? Ça fait pas de moi une bête de foire, tu sais ?

— Oui, je sais. »

Jihwan vit briller dans le regard de son interlocuteur une telle admiration mêlée de sincérité qu'il en fut ému, et après une nouvelle hésitation, il finit par baisser les armes et la tête.

« C'est d'accord, accepta-t-il. Je surveillerai le toit de l'immeuble, et quand t'y monteras, je te rejoindrai.

— C'est vrai ? »

Devant la joie qui semblait avoir envahi le jeune homme, Jihwan sourit, amusé de le sentir tout à coup si enthousiaste pour quelque chose qui l'aurait effrayé dix minutes auparavant. Il fut touché de constater que l'humain lui avait accordé sa confiance et sa bienveillance.

« Juste… avant de partir, tu peux me dire ton nom ? demanda-t-il.

— Kim Yejun. »

Jihwan parut heureux puis, se fondant dans les rayons crépusculaires, il disparut.

~~~

Trois jours étaient passés et, pareil à une adolescente après un premier rendez-vous, Yejun n'osait pas envoyer le moindre signe à son bel éphèbe. D'une part, il continuait de croire qu'il avait rêvé cette rencontre, et d'autre part… Jihwan l'intimidait, il l'intimidait profondément. L'être en effet dégageait un tel charme, un tel charisme mêlé d'innocence, que Yejun ne savait pas comment agir. L'esprit témoignait de caractéristiques parfaitement humaines, ce qui le rendait d'autant plus perturbant : il parlait la même langue que lui, son visage exprimait les émotions de la même manière, et... et justement, il éprouvait des émotions ! Yejun l'avait vu craintif, hésitant, coupable, gêné, puis malicieux et souriant. Il portait des vêtements qui, quoique magiques, arboraient une forme identique à celle des vêtements humains, et... et puis merde, il avait quand même le droit d'être perturbé, non ? Un inconnu entrait chez lui par miracle et lui apprenait – en le lui prouvant – qu'il était un esprit de la lumière !

Un rayon de soleil, au sens propre du terme.

Ainsi, bien que Jihwan se soit montré incapable de lui faire le moindre mal, Yejun continuait de songer que si ce garçon ne le souhaitait pas, ce serait néanmoins peut-être un autre qui viendrait le tourmenter pour le punir de ce vol. L'anxiété le gagnait peu à peu ces derniers jours, il ne pouvait pas se retirer de la tête cette menace invisible qu'il craignait sans même qu'elle existe.

Ce fut au soir du quatrième jour, alors que le soleil brillait et tachait le ciel d'orange, que Yejun décida de s'habiller chaudement pour se rendre sur le toit de l'immeuble. Il remarqua ses mains tremblantes pendant qu'il enfilait son sweat, et il cessa tout mouvement pour prendre une longue inspiration qui l'apaisa.

Il n'arrêtait pas de se remémorer, en boucle, sa rencontre avec Jihwan : si lui ou un quelconque membre de sa famille avait voulu le blesser, il aurait opéré pendant que Yejun s'étouffait sous l'effet du stress, pas maintenant qu'il avait redonné l'anneau à son propriétaire et fait ami-ami avec lui – si on pouvait considérer qu'ils s'étaient liés d'amitié, ce dont Yejun savait que c'était faux.

Un esprit de la lumière… et Yejun y croyait. Et dire que dix jours plus tôt, il aurait ri devant le rayon « ésotérisme » des librairies. Fées, esprits de la nature, pouvoirs psychiques : ça l'amusait et il se demandait si ceux qui achetaient ce genre d'articles y croyaient vraiment, ou bien s'il s'agissait simplement à leurs yeux de livres divertissants pour rêvasser. Aujourd'hui, il lui semblait que ces bouquins étaient bien loin de sa réalité, bien plus concrète que ces vrais-faux esprits décrits à travers des pages noircies de propos vagues et incompréhensibles.

Rien de ce que Yejun avait vécu n'était vague, tout était très clair, très précis, et un nom pouvait y être posé : Jihwan. C'était un joli prénom, d'ailleurs. Jihwan… ça lui allait si bien. Un prénom caressant pour un garçon qui, même s'il possédait un corps tonique de jeune homme, était doué d'une beauté si délicate qu'on croirait observer une fleur de bon matin, lorsqu'elle s'ouvrait pour sourire au soleil – ce soleil pour lequel Jihwan existait.

Yejun sentit son cœur bondir contre sa cage thoracique alors qu'il enfilait ses chaussures. Il toussota, prit une nouvelle inspiration – tremblante cette fois-ci – puis il quitta son studio et n'eut qu'à grimper une poignée de marches pour arriver devant la porte qui le séparait du toit. C'était un autre avantage du fait d'habiter au dernier étage : il était tout près, un peu comme s'il était devenu le voisin de Jihwan.

Les mains dans la poche ventrale de son haut, son portable dans celle de son jean, et ses baskets aux pieds, il avait fermé les paupières pour se concentrer sur lui-même et réguler sa respiration aussi bien que ses angoisses. Il se sentait ridicule à être naturellement si stressé ; plus d'une fois ses parents lui avaient reproché ses troubles, mais ça ne lui avait pas permis d'en guérir miraculeusement. Ça l'avait simplement accablé un peu plus encore.

Préférant chasser ces songes de son esprit, il poussa la porte brutalement et fit irruption sur le toit. C'était un bel endroit : les propriétaires y avaient installé un jardin, si bien que malgré le béton au sol, il s'y trouvait une jolie verdure dans de larges bacs de terre. Du mobilier avait été ajouté, ainsi Yejun prit place sur un banc, près d'une petite fontaine de pierre blanche entourée d'un parterre de fleurs colorées.

« Tu savais que c'était aussi beau, ici ? »

Yejun ne sursauta pas : il avait vu Jihwan se matérialiser de l'autre côté de ce massif fleuri. Le jeune esprit, frappé par les rayons solaires, arborait des couleurs mille fois plus extraordinaires que celles des plantes. Yejun sentit son cœur s'emballer devant sa beauté décidément fabuleuse.

« Non, admit-il, j'étais jamais venu. Mais les proprios m'avaient dit qu'ils entretenaient leur jardin. Ils y viennent tous les mercredis, l'hiver, et un peu plus souvent à partir du printemps.

— T'as pas peur qu'ils nous surprennent ?

— Non. La porte fait du bruit, et ils nous verraient pas directement, on est cachés par des buissons. T'aurais le temps de filer. »

Jihwan, jusque-là sur ses gardes, jeta un œil par-dessus de hauts buissons derrière lesquels, à quelques mètres de là, il repéra effectivement la porte menant à l'immeuble. Et il fallait admettre qu'elle émettait bel et bien un boucan monstre, c'était d'ailleurs ce qui avait attiré l'attention de Jihwan. Rassuré, l'être merveilleux contourna la fontaine pour s'installer à son tour sur le banc, un joli meuble de bois blanc qui apportait une touche d'élégance.

Les garçons demeurèrent silencieux, et l'unique bruit de l'eau qui s'écoulait empêchait un calme absolu.

« Merci d'être venu, déclara finalement Yejun.

— Pourquoi tu me remercies ?

— Parce que c'est moi qui te l'avais demandé, t'étais pas obligé d'accepter.

— Si j'étais pas venu, t'aurais fait quoi ?

— Je sais pas : t'es venu, alors j'ai pas à me poser la question.

— Pourquoi tu voulais me voir ?

— Aujourd'hui, j'en avais envie. Je voulais te connaître. Je suis un peu curieux, je crois.

— Seulement un peu ? demanda Jihwan avec une pointe de malice dans la voix.

— Peut-être pas.

— Tu veux savoir quoi d'autre ?

— Tu me répondras sans détourner la conversation, cette fois ?

— Oups, j'ai été démasqué.

— C'était pas très discret, en même temps, le railla Yejun.

— Je l'admets volontiers. Mais aujourd'hui, je répondrai à certaines d'entre elles. Parce que j'ai le sentiment que t'es quelqu'un dont j'ai pas à me méfier.

— Où est-ce que tu vis ?

— Partout.

— T'as besoin de manger et boire ?

— Oui.

— Tu vis avec ta famille ?

— Ils ne m'apprécient pas beaucoup.

— Pourquoi ? l'interrogea Yejun après une hésitation – Jihwan paraissait tout à coup maussade.

— Parce que je sais seulement faire des arcs-en-ciel basiques. J'ai pas leur talent. Mais mon grand-père croyait en moi, et avant de mourir il m'a confié son anneau. Il m'a dit qu'il me porterait chance, comme il lui avait porté chance jadis.

— C'est quoi un « arc-en-ciel basique » ?

— C'est ça. »

Jihwan, pour sa démonstration, se redressa et alla à la fontaine – de petites dalles étaient posées au milieu du massif fleuri, de sorte que n'importe qui puisse y accéder sans marcher sur les plantes. Il y plongea les mains, les ressortit, et les tendit devant lui, paumes tournées vers le ciel. Yejun fut émerveillé lorsqu'un minuscule jet multicolore jaillit de sa main gauche et forma un arc pour s'achever dans sa main droite, traçant de manière admirable un arc-en-ciel d'une quarantaine de centimètres.

« Ouah, c'est dingue, souffla Yejun.

— C'est gentil, le remercia sincèrement Jihwan. Malheureusement, si pour vous c'est impressionnant, pour nous c'est bien peu de choses. Un vrai esprit de la lumière peut créer un arc-en-ciel avec sa bande sombre d'Alexandre et son arc secondaire. Mon grand-père en faisait des magnifiques, même ceux de mes parents ne leur arrivent pas à la cheville. Moi en revanche… j'arrive à produire de jolies couleurs, mais pas d'arc secondaire, et pas de bande sombre…

— C'est pas si grave que ça.

— Sans doute. Mais à cause de ça… on me rejette, on me regarde de haut.

— C'est pour ça que t'y tiens autant, à cet anneau, songea Yejun alors que l'esprit avait par réflexe posé le regard sur la bague.

— Oui. Il m'a été offert par la seule personne qui a toujours cru en moi. C'est un véritable trésor – enfin, pas la bague, mais la confiance qu'elle symbolise. L'amour, c'est précieux, et mes grands-parents m'aimaient sincèrement, eux. »

Le silence revint, troublé par les piaillements aigus d'un oiseau qui buvait à la fontaine. Jihwan avait retrouvé sa place sur le banc. Yejun arborait une expression rêveuse.

« Y a quels genres d'esprits qui existent ? demanda-t-il dans l'espoir de revenir à des considérations moins douloureuses pour Jihwan.

— La nature a des esprits pour tout, depuis la lumière jusqu'aux plantes. Tout ce qui n'a pas de conscience a un esprit, donc tout sauf les humains et les animaux.

— Les pierres ont des esprits ?

— Oui.

— Ces fleurs-là en ont aussi ?

— Oui.

— Ils sont où ?

— Tout comme je peux devenir lumière, eux ont le don de se métamorphoser. Ils peuvent prendre l'apparence des fleurs pour se fondre dans un massif et le surveiller.

— Ça arrive qu'ils soient cueillis par erreur ?

— Oui, opina Jihwan, c'est même arrivé à mon meilleur ami. Il appartient à une lignée rare de garçons fleurs, et sa curiosité l'a poussé à s'approcher du monde des humains. Il a été capturé, par chance on l'a offert à un artiste peintre qui a découvert son secret et l'a libéré. Mais… entre temps, ils s'étaient beaucoup attachés l'un à l'autre. Ils sont tombés amoureux. Depuis, ils se revoient régulièrement. C'est pour ça que mon ami a pu m'en dire autant à votre sujet.

— Les esprits peuvent aimer les humains ?

— On se ressemble, on peut communiquer, on peut ressentir. Pourquoi on pourrait pas tomber amoureux ?

— Je sais pas, répliqua Yejun en haussant les épaules, je pensais qu'il y avait une règle, genre impossible de tomber amoureux d'un humain, ou un truc du genre.

— Non, c'est juste qu'on préfère rester entre esprits parce qu'on craint que certains nous veuillent du mal, mais dans l'absolu, rien ne nous interdit de prendre contact avec vous. »

Yejun opina doucement, et la conversation se poursuivit pendant de longues minutes. Jihwan attendit le dernier moment avant de quitter celui dont il avait appris qu'il était son aîné. Ainsi, l'ultime rayon disparaissait à l'horizon lorsque le bel esprit s'effaça. La minute suivante, Yejun était rentré chez lui et le soleil s'était couché.

~~~

Yejun ne fut capable d'attendre que deux jours, cette fois, pour remonter sur le toit. Les révélations de Jihwan l'obsédaient presque autant que l'esprit lui-même. Parce que Jihwan l'obsédait. Vraiment. Il pensait à lui avant de s'endormir, et lorsqu'il se réveillait. Il pensait à lui quand il s'ennuyait et quand il était occupé, quand il se reposait et qu'il travaillait. Le monde, de plus, était devenu à la fois beaucoup plus beau et beaucoup plus terne : le souvenir de Jihwan lui réchauffait l'âme, pourtant, quoi qu'il voie, il songeait désormais que c'était bien moins éclatant que les tons pastel que revêtait Jihwan au soleil. Jihwan illuminait l'univers. Jihwan souriait et le cœur de Yejun s'arrêtait. Jihwan, Jihwan, Jihwan… impossible de se l'enlever de la tête, merde !

C'était compréhensible, après tout : un garçon magnifique et extraordinaire surgissait tout à coup dans sa vie, pas étonnant que le pauvre jeune homme en soit bouleversé. Lui qui avait l'habitude de vivre reclus, le simple fait de rencontrer quelqu'un était peu commun. Et ce quelqu'un était une créature enchantée capable de fabriquer de minis arcs-en-ciel sur commande… si Jihwan n'avait pas réapparu, Yejun aurait sans doute été convaincu qu'il était devenu fou. Encore aujourd'hui il doutait de sa santé mentale. Est-ce que la solitude aurait pu l'amener à de pareilles hallucinations ?

Le temps avait été mauvais. La veille, Yejun s'était langui de son magnifique esprit. De fait, ce matin-là, alors que l'aube se levait à peine, il poussa la porte du toit et s'installa sur le banc où Jihwan se trouvait déjà, en train de regarder avec un air attendri les fleurs briller sous l'effet de la rosée.

« Salut, marmonna Yejun tout à coup intimidé.

— Bonjour, hyung. Ça va ? »

Son visage envoûtant devenait d'autant plus beau lorsqu'il était de bonne humeur, Yejun ne put s'empêcher de sourire à son tour, heureux de le retrouver.

« Oui, et toi ?

— Ça va. Mais dis-moi, t'es bien matinal aujourd'hui, non ?

— Je vais travailler juste après, c'est pour ça.

— Besoin d'une petite dose de lumière avant d'aller bosser ? »

Et sur ces mots, le jeune esprit passa une main dans le buisson couvert de rosée juste derrière eux, et il se forma dans sa paume tendue vers le ciel un minuscule arc-en-ciel. Yejun pouffa.

« Ils sont de plus en plus petits, tes arcs-en-ciel !

— Je peux même en faire entre deux doigts, attends. »

Jihwan, amusé, écarta le pouce et l'index, qui furent bientôt reliés par un petit arc coloré.

« Attends, j'ai mieux ! »

Enthousiasmé par l'admiration qu'il voyait briller dans le regard de son ami, Jihwan leva l'auriculaire, et deux nouveaux arcs naquirent pour lier ses trois doigts entre eux.

« Putain c'est dingue ! s'extasia Yejun. T'es incroyable !

— C'est pas grand-chose, répliqua Jihwan en s'essuyant la main contre son t-shirt avec une mine embarrassée. Mes parents trouvent que je passe trop de temps à m'amuser au lieu de m'entraîner, mais ils ne comprennent pas que c'est cette dextérité qui me permet d'améliorer mes arcs-en-ciel. Ils n'y voient que des petits arcs ridicules alors que c'est comme ça que j'ai progressé… c'était une technique de mon grand-père, c'est lui qui m'a dit de travailler de cette manière. Maîtriser parfaitement l'eau et la lumière à petite échelle, puis agrandir. C'est auprès de lui et de ma grand-mère que j'ai réussi mon premier vrai arc-en-ciel.

— Moi je trouve ça fou, peu importe ce que tes parents en disent. Ton aïeul avait raison, et je suis convaincu que tôt ou tard, t'atteindras tes objectifs.

— Merci beaucoup ! »

Ravi et ému de s'apercevoir à quel point son ami croyait en lui, Jihwan lui adressa un signe de tête en guise de remerciement. Yejun lui répondit d'un sourire, et les deux garçons conversèrent un bon moment avant que l'aîné n'ait à s'en aller. Son cadet s'évapora, et Yejun songea que si Jihwan ne prenait pas l'initiative de disparaître, lui-même s'avèrerait incapable de partir : il ne voulait pas quitter son bel esprit des yeux, pas même un instant. Sa splendeur rayonnait, il se sentait hypnotisé par Jihwan.

Ce fut quelques jours plus tard, après l'avoir vu une fois de plus pendant une petite heure, que Yejun comprit dans un soupir qu'il était tombé profondément amoureux de ce garçon qu'il apprenait à connaître depuis bientôt deux semaines et avec qui il avait déjà passé tant d'heures à discuter.

~~~

Yejun et Jihwan s'étaient rencontrés très exactement un mois plus tôt. Depuis, jamais plus de trois jours ne s'étaient écoulés sans qu'ils se retrouvent sur le toit de l'immeuble, sur ce banc où ils étaient protégés des regards extérieurs par d'épais buissons.

Yejun se sentait plus serein, plus épanoui, depuis qu'il avait rencontré Jihwan. Il discutait, il s'ouvrait à lui, il lui parlait de sa passion pour la musique et il lui avait fait écouter plusieurs morceaux. Jihwan quant à lui devenait chaque jour plus rayonnant, et le bonheur lui seyait aussi bien que les couleurs qui ne le quittaient pas. Même les autres esprits ne le regardaient pas comme Yejun le regardait.

Il ne s'en rendait pas compte, mais c'était tout simplement parce que Yejun le dévorait des yeux, parce qu'il était épris de lui comme il n'avait jamais été épris de quiconque. Il l'aimait plus tendrement à mesure qu'il discutait avec lui, qu'il tentait d'appréhender qui était Jihwan, comment il se sentait. Il adorait le découvrir, apprendre qui il était par-delà ses couleurs sublimes. Et il n'était jamais déçu, loin de là : le jeune esprit de la lumière était quelqu'un de calme, de doux, de sincère et d'humble. Souvent rabaissé par sa famille, il avait peu confiance en lui, sentiment que Yejun comprenait parfaitement. Malgré tout, il exprimait facilement ses émotions positives, et dès lors qu'il était heureux, Yejun jurerait que son éclat s'accentuait presque autant que son sourire. Il irradiait.

Ce jour-là, en montant sur le toit, Yejun se trouvait presque nauséeux, il avait les mains moites et tremblantes : il désirait avouer à Jihwan l'attirance qu'il éprouvait pour lui et lui demander si elle était réciproque. Ils n'avaient pas pu se retrouver pendant deux jours à cause d'intempéries ininterrompues, et Yejun avait cru devenir fou. Il s'était alors aperçu à quel point Jihwan comptait pour lui, à quel point il souhaitait pouvoir le serrer dans ses bras. Sa présence, son sourire, tout son être lui avait terriblement manqué.

Et il ne s'agissait que de deux misérables journées...

Lorsque Jihwan apparut auprès de la fontaine tandis que lui s'installait sur le banc dans des mouvements crispés, Yejun déglutit. Son ami dut percevoir sa nervosité, car au lieu de le saluer, il lui demanda s'il allait bien. L'autre répondit par un hochement de tête, la gorge nouée.

« T'es sûr ? s'inquiéta Jihwan. Parce que tu tires une drôle de gueule.

— Ouais, je... en fait... »

Il leva les yeux sur son cadet dans l'espoir que ça lui donne le courage de se lancer. Le soleil brillait, délicat, et se couchait lentement. Quant à Jihwan, il était paré de ses plus belles couleurs, comme chaque fois qu'ils se voyaient. Dans ce décor verdoyant, teinté des plus jolies nuances du printemps, il lui semblait qu'ils étaient enfermés dans leur petit paradis, leur jardin secret. L'eau de la fontaine, quelques oiseaux ; c'était si doux de profiter de ces sons apaisants. Ils en effaçaient presque les bruits des voitures qui passaient dans la rue en contrebas.

Yejun toussota et expira le plus discrètement possible avant de se lancer.

« En fait… y a quelque chose que je voulais te dire, admit-il.

— Ah ? C'est important ?

— J-Je crois. Enfin… je sais pas trop.

— Là, tu deviens carrément louche, hyung. »

Le cœur de Yejun palpitait chaque fois que son ami l'appelait ainsi.

« Juste… tu te souviens, tu m'as déjà parlé plusieurs fois de ton meilleur ami…

— Oui, et ?

— Je… en fait, je me demandais si… s-si toi aussi tu… enfin, si toi aussi tu serais capable de sortir avec un humain, balbutia Yejun de qui les joues s'étaient rapidement empourprées.

— Qu'est-ce que tu veux dire ? »

Le ton méfiant qu'avait pris Jihwan lui donna l'impression de lui percer les entrailles, pourtant Yejun avait besoin de lui confier ses sentiments, quitte à ce qu'ils ne se révèlent pas réciproques.

« Je t'aime, souffla-t-il, et… je me demandais simplement si tu partageais mes sentiments. »

Le pauvre était tétanisé, terrifié au point qu'il n'imaginait même pas tenter de se lancer dans une belle tirade pour déclarer sa flamme à celui qu'il chérissait. Le simple fait de prononcer ce « je t'aime » était apparu comme un véritable calvaire pour lui qui se sentait mourir de honte. Avouer son amour à un garçon aurait déjà paru complexe, mais à un esprit de la lumière !

Pourtant, comme il aurait aimé lui dire à quel point il désirait le serrer dans ses bras, l'embrasser, l'étreindre, le caresser, l'aimer comme le méritait l'être magnifique qu'il était ! Qu'est-ce qu'il aurait aimé lui jurer sa fidélité et sa passion ! Qu'est-ce qu'il aurait aimé lui confier toutes les émotions qu'il avait découvertes et redécouvertes à ses côtés !

« T-Tu m'aimes ? » bégaya Jihwan, les yeux agrandis par la surprise.

Yejun opina, la tête baissée mais les yeux levés en direction de Jihwan. Ce dernier semblait dépassé, et Yejun se sentit minable. Il n'aurait pas dû oser, quel idiot !

« Est-ce que… ça te gêne ? lui demanda-t-il timidement.

— Non, non, je m'attendais simplement pas à ce que tu ressentes ça, enfin, c'est… j-je sais pas. C'est bizarre.

— Comment ça ? »

Le visage du jeune esprit exprimait un profond malaise.

« Je suis désolé, Yejun.

— Non, attends ! »

Jihwan avait disparu.

~~~

Yejun avait attendu quelques minutes de plus, dans l'espoir que Jihwan change d'avis. Puis il était rentré chez lui, seul et dépité, le cœur en morceaux.

Sa poitrine le faisait souffrir au point qu'il ne mangea pas ce soir-là, incapable d'avaler quoi que ce soit.

Le lendemain, il retourna sur le toit. Le soleil brillait, mais Jihwan n'apparut pas. Yejun attendit, il attendit jusqu'à ce que la nuit tombe.

Le jour suivant, Yejun attendit. Il demeura seul.

Le jour d'après, il plut, mais Yejun alla attendre. Sous la pluie.

Il plut deux journées de plus, et Yejun attendit dans le jardin, avant et après son travail.

Jihwan ne pouvait pas venir sans soleil, mais son aîné n'imaginait pas rester chez lui. Il ne le pouvait pas : il avait besoin de la présence du jeune esprit auprès de lui, et le seul souvenir de leurs discussions sur ce banc trempé de pluie et de larmes suffisait à le rendre heureux. Pourtant il pleurait. Plus d'une fois il avait craqué, mais seulement quand il pleuvait, car alors ses larmes demeuraient invisibles, comme Jihwan, et Yejun se sentait moins stupide de sangloter.

Ce qui devait arriver survint au bout de ces quelques journées : Yejun, parce qu'il se nourrissait à peine, dormait peu et restait des heures sous l'eau dans le froid, finit par tomber malade. La nuit qui avait suivi ces trois jours de pluie, il s'était levé et dirigé précipitamment dans la salle de bains. Penché au-dessus de la cuvette des toilettes, il y avait abandonné la maigre portion de riz avalée dans la soirée.

Le lendemain, par chance, était son jour de repos. Il le passa allongé : son estomac n'avait rendu son contenu qu'une fois, en revanche il avait laissé le jeune garçon particulièrement affaibli. En effet, dans ses placards, Yejun ne possédait que quelques aliments de base. Ainsi, s'il désirait manger quoi que ce soit qui ne nécessite aucune préparation, il lui faudrait inévitablement se lever, s'habiller et descendre à la supérette du coin pour revenir avec un plat à emporter. Or, le simple fait de se redresser constituait une raison suffisante pour le dissuader d'agir. De fait, malgré son ventre vide, il n'avala rien de la journée. Il ne trouva le courage de se cuisiner du riz qu'en début de soirée, et il ne parvint pas à terminer sa portion pourtant réduite.

Le jour suivant, il prévint son patron qu'il ne pourrait pas travailler. Il resta au lit, prostré, le corps aussi lourd que le cœur. Malheureusement, s'il était incapable de bouger, il pouvait en revanche ressentir, et il avait mal, constamment mal. L'absence de Jihwan lui pesait autant que la fatigue – si ce n'était plus.

Il avait pleuré à quelques reprises, mais comme il ne pleuvait plus, il se sentait stupide. Il retenait donc ses larmes.

Dans l'après-midi, Yejun dormit alors que le soleil brillait. Il avait laissé les volets ouverts, et tandis qu'il sommeillait paisiblement, un être merveilleux prit forme à son chevet. Accroupi tout près de lui, Jihwan l'observa avec une moue peinée. Il avança la main, hésita, et s'écarta finalement de lui.

Jihwan n'était peut-être pas venu, mais il l'avait surveillé tout ce temps.

Il quitta la pièce.

~~~

Yejun aurait bien dormi quelques semaines de plus, néanmoins le bruit d'une assiette accompagné d'une odeur alléchante l'incita à ouvrir les yeux. Ses paupières papillonnèrent… puis se refermèrent, et il poussa un grognement, trop épuisé pour trouver le courage de se lever. Il entendait régulièrement ses voisins, les murs étaient peu épais. Ainsi, l'esprit embrumé, il replongea lentement dans une profonde torpeur.

Son corps avait besoin de repos.

Le jeune garçon se réveilla lorsqu'un obstacle l'empêcha de bouger le bras. Il crut tout d'abord à un oreiller posé là, mais il se ravisa en saisissant tout près le bruit d'une respiration paisible. Surpris, il n'éprouva cette fois-ci aucune peine à ouvrir les yeux, et… il s'empourpra aussitôt : Jihwan dormait auprès de lui, assis par terre, les bras croisés sur le matelas et la tête dans le creux qu'ils formaient. Ses cheveux et ses vêtements étaient d'un blanc ivoirin, preuve que le soleil ne brillait plus… et pour cause : dehors, la nuit était tombée.

Yejun remarqua également que son ami (l'était-il encore ?) portait des boucles d'oreilles qu'il n'avait pas jusqu'à présent, deux anneaux immaculés, qui étincelleraient probablement de mille couleurs aux premiers rayons du jour.

Parce que Yejun lui avait donné un coup de coude en essayant de bouger, Jihwan ouvrit les paupières peu après lui. Lorsque leurs yeux se croisèrent, le jeune esprit recula aussitôt.

« Oh, hyung ! J-Je... je suis désolé, je... »

Son regard se posa alors sur la fenêtre, ou du moins sur l'extérieur. La nuit. Yejun le sentit paniquer, car Jihwan se savait désormais prisonnier : s'il quittait l'appartement par la porte, il avait toutes les chances de rencontrer un autre habitant de l'immeuble, ou bien quelqu'un dans la rue. Et il lui serait impossible de disparaître.

Yejun, comprenant que son cadet avait besoin d'être rassuré, s'assit non sans quelques difficultés contre la tête de lit, un oreiller dans le dos. Il adressa un sourire à Jihwan et parla avec une douceur à laquelle il était peu habitué.

« Tout va bien, je vais rien te faire, promit-il, et... je dirai rien non plus, si tu veux. Juste... calme-toi. Tu me connais, hein ? Tu sais bien que je te ferai jamais de mal.

— Je sais, murmura Jihwan sans quitter des yeux ses propres pieds, mais... enfin...

— Tu voulais pas que je te voie, hein ? »

Il acquiesça.

« Est-ce que je peux au moins savoir pourquoi t'es venu ?

— J'ai vu que t'allais mal, je m'inquiétais.

— Et tu t'es endormi, conclut Yejun.

— Je... en fait, j'ai vu que tu mangeais presque rien. Alors je voulais te cuisiner un truc. Je l'ai mis au frigo, pour que t'aies juste à le faire chauffer. Et...

ouais, ensuite je suis venu me reposer deux minutes vers toi, je voulais être sûr que t'allais bien. Mais je me suis endormi. Désolé.

— Tu… t'as cuisiné ? »

De nouveau, Jihwan se contenta d'un hochement de tête.

« T'as préparé quoi ?

— Du bœuf mariné avec du riz : t'avais presque rien d'autre.

— Oh… merci beaucoup, c'est vraiment gentil.

— Tu… t-tu veux que je le fasse réchauffer, du coup ? »

Yejun n'avait pas eu faim depuis près d'une semaine, en revanche, maintenant que Jihwan lui proposait de goûter un plat préparé par ses soins, il se sentait tout à coup mis en appétit. Et puis… cette façon qu'il avait de bredouiller, Yejun trouvait ça adorable.

« Je veux bien, acquiesça-t-il. Encore merci.

— C'est normal… c'est un peu ma faute si t'es dans cet état-là, souffla-t-il en regagnant le coin cuisine.

— C'est uniquement ma faute, le corrigea Yejun.

— Je t'amène un verre d'eau. T'auras besoin d'autre chose ?

— Juste de toi, » murmura Yejun la voix chargée de peine.

Jihwan ne l'entendit pas, occupé à verser le contenu d'un bol dans une casserole. Habitué à côtoyer son meilleur ami et l'humain avec qui il était en couple, il n'éprouvait aucune difficulté avec l'électroménager basique, et les plaques de Yejun, des vitrocéramiques, s'utilisaient aussi simplement que le jouet d'un enfant.

Son cuiseur à riz, en revanche, Jihwan avait hésité plus longtemps avant de réussir à le faire fonctionner.

Le plat réchauffé, il le remit dans son bol, y ajouta deux baguettes et attrapa un verre d'eau avant de revenir au chevet de son aîné. Ce dernier le remercia une fois de plus mais ne mangea pas.

« Dis… c'est parce que tu culpabilises que tu fais ça ? demanda-t-il.

— Comment ça ?

— Je me suis foutu dans cet état tout seul, hein. Toi t'as rien fait, affirma Yejun. Si tu veux juste te reposer jusqu'à demain matin, y a aucun souci.

— Peut-être que je m'en veux, admit Jihwan en allant se servir à son tour un verre – Yejun le suspecta d'agir simplement pour pouvoir rester dos à lui.

— Tu n'as…

— Je m'en veux, l'interrompit l'esprit, parce que j'aurais pas dû m'enfuir. Je m'en veux parce que j'ai pas eu ton courage. Je m'en veux… parce que moi, j'ai pas su être honnête ; ni avec toi, ni avec moi-même. Je m'en veux aussi d'avoir pas trouvé le courage de réparer mon erreur plus tôt, et je m'en veux de ne l'avouer que parce que je suis coincé ici jusqu'à demain matin. Je suis pas quelqu'un de courageux… »

Yejun, toujours assis sur son lit, droit, fixait son cadet avec un regard vide, abasourdi par ses mots. Est-ce que… qu'est-ce que Jihwan tentait de lui dire ? Comprenait-il ce qu'il désirait comprendre ?

« Tu… Jihwan-ah, qu'est-ce que… ?

— Moi aussi, hyung, je t'aime. Je tiens vraiment à toi, tu comptes énormément et ça m'effraie en même temps que ça me fascine. T'es mignon, gentil, intéressant, intelligent, et tu me regardes comme jamais personne m'a regardé. Je suis dingue de toi, je pense qu'à toi, j'attends avec impatience chaque fois que tu monteras sur le toit et… et ces derniers jours, chaque fois que tu montais, t'avais l'air si mélancolique que ça me brisait le cœur. J'avais mal mais je savais pas comment réagir. Tout ce que je pouvais faire, c'était m'en vouloir et ruminer ma réaction stupide. Ensuite, j'ai remarqué que tu ne sortais plus, et je me suis inquiété. Je t'ai vu allongé dans ton lit toute la journée, et j'ai compris qu'à force de rester sous la pluie, t'avais dû choper un truc. Je suis désolé… »

Yejun souhaitait le rassurer, lui répéter qu'il n'avait rien à se reprocher et que sa réaction était parfaitement compréhensible… mais il demeura muet. Il ne savait pas quoi dire, il se sentait hypnotisé par ces grands yeux blancs qui le fixaient d'un air peiné. Pourtant, qu'est-ce qu'il désirait le consoler ! Or, la surprise était trop importante.

« T-Tu m'aimes ? susurra Yejun.

— Oui… je crois.

— Tu crois ?

— J'ai jamais été amoureux, alors… je crois bien que c'est ça. »

Ses joues avaient pris une teinte pourpre claire attendrissante, cependant Yejun se refusa au moindre commentaire. Il se contenta d'opiner lentement, un sourire timide au visage. Il repoussa sa couverture et posa les pieds au sol, toujours assis sur son matelas. Il s'apprêtait à se lever quand un vertige le cloua sur place. Il n'avait pas touché au plat généreusement préparé par Jihwan, il demeurait faible, et se redresser lui provoquait de douloureux maux de tête. Lui qui avait repris des couleurs, il pâlit brutalement, si bien que Jihwan bondit à son chevet.

« Hyung, qu'est-ce qui se passe ?

— Rien, rien. Juste… la fatigue.

— Et moi je parle, je parle, sans faire attention à toi. Désolé. Attends, remets-toi sous la couverture, t'as les bras couverts de chair de poule.

— Je suis pas un gosse, râla Yejun en remarquant néanmoins que son ami avait raison au sujet de ses bras. Ça va aller.

— Mange tant que c'est chaud.

— Jihwan-ah, est-ce que t'accepterais de sortir avec moi ? »

Abasourdi par le brutal changement de sujet, le jeune esprit demeura coi, le regard planté sur son aîné qui n'avait pas bougé. Yejun paraissait déterminé, décidé, et Jihwan frissonna à l'idée qu'il semblait plus charismatique que jamais. Il le trouvait… sexy, comme dirait son meilleur ami.

Jihwan acquiesça en murmurant un « oui » qui accentua le rouge qui colorait ses pommettes. Aussitôt, les prunelles de Yejun s'illuminèrent.

« Oui ? T-Tu… alors on sort ensemble ? s'enquit ce dernier.

— Je crois bien, opina Jihwan. Je t'aime.

— Oh putain, j'y crois pas ! Tu… un garçon comme toi, amoureux de moi… ? C'est juste… tellement improbable ! »

L'immense sourire qui étirait les lèvres de son désormais petit ami émut Jihwan qui prit place à côté de lui, sur son lit. Il ne sut pas s'il pouvait le toucher, l'embrasser, mais il ne se posa pas la question bien longtemps : Yejun l'enlaça, le visage perdu dans son cou, et lui susurra son amour à son tour, une fois de plus.

Ils demeurèrent immobiles de longues et agréables secondes, les paupières closes, appréciant simplement le corps de l'autre tout contre eux. Jihwan, en dépit d'une hésitation marquée, avait décidé d'étreindre lui aussi son copain. Sa peau pâle mais chaude, son accolade rassurante, sa présence chère à son âme… qu'est-ce qu'il se sentait bien auprès de lui !

Yejun restait silencieux, calme, en dépit de quoi son cœur s'emballait comme jamais, et il était convaincu qu'il palpitait au point que Jihwan pouvait l'entendre frapper son torse. Il désirait lui avouer mille douceurs, lui faire mille déclarations qui prendraient des airs confus tant ses pensées étaient emmêlées, et plus que tout il désirerait l'embrasser, l'embrasser sans plus jamais s'arrêter. Pourtant, il ne bougeait pas. Pas un mouvement. Il s'inquiétait, en vérité.

Il était effrayé à l'idée que demander à Jihwan de lui accorder plus qu'une banale étreinte repousse le beau jeune homme. Est-ce qu'il serait dégoûté à l'idée d'échanger un baiser avec lui ? Qu'il l'aime était une chose, mais Yejun le voyait comme un être si pur qu'il ne pouvait pas s'empêcher de songer qu'il serait sacrilège de poser ses lèvres sur les siennes.

Jihwan, par chance, réagit.

« Hyung... e-est-ce que... on peut s'embrasser ? »

Yejun déglutit. Il acquiesça, le regard planté dans celui de son compagnon. Les deux garçons s'étaient à peine écartés, leurs bras enlacés ne demandaient qu'à serrer davantage leur étreinte pour qu'enfin leurs deux corps se retrouvent.

Et ils se retrouvèrent, en même temps que leurs lèvres se trouvèrent. La respiration coupée sous l'effet de la surprise, Yejun ferma les paupières à la sensation exquise de la bouche de son arc-en-ciel, si pulpeuse, contre la sienne. Quelle douceur, quelle perfection ! Comment son cœur pouvait-il s'emballer encore, lui qui battait déjà si férocement dans sa poitrine !

Il enroula les bras autour de la silhouette frêle et divine de son copain, qui lui-même le serra puissamment. Une chaleur nouvelle se propageait en lui alors même que sa peau était couverte de frissons. Il ne put résister plus longtemps : il grignota la lèvre inférieure de son petit ami qui gloussa en reculant légèrement.

« Hyung, c'est pas moi qu'il faut manger, c'est ton repas !

— Tu fais un repas succulent, répliqua Yejun en pouffant à son tour. Mais j'avoue que le plat me donne lui aussi sacrément envie.

— Mange, comme ça tu te sentiras mieux.

— T'imagines même pas à quel point je me sens bien…

— Arrête de dire des trucs mignons ! »

Yejun rit – ça faisait tellement de bien, après s'être lamenté pendant près d'une semaine ! Il dirigea son regard sur le bol qui l'attendait gentiment et s'en saisit. Il avala le riz et la viande en un temps record tandis que Jihwan fixait ses doigts entremêlés par l'embarras. Ça le flattait de voir son petit ami manger avec autant d'appétit, et ses mots tournaient en boucle dans son esprit, de même que leur étreinte et leur baiser.

Pour sûr, il risquait de ressasser ça un bon moment, et ça hanterait plus d'un de ses rêves.

Son repas terminé, Yejun but d'une traite un grand verre d'eau ; aussitôt il revint sur son lit et attrapa les hanches de son voisin. D'un mouvement rapide, il le prit sur ses genoux, enroula les bras autour de sa taille et lui offrit un adorable bisou esquimau.

« C'est quoi, ça ? rigola Jihwan.

— C'est ma manière de te demander si t'acceptes que je t'embrasse.

— Suffit d'utiliser des mots.

— C'est pas trop mon truc, le blabla. »

Jihwan ne répliqua pas, il préféra répondre à la demande de son copain : il fondit sur ses lèvres tandis qu'il s'accrochait à sa nuque. Mis en appétit par son repas, sans doute, Yejun glissa la langue sur le pourtour de la bouche de son bien-aimé qui, électrisé par ce contact, lui offrit l'accès qu'il réclamait sans un mot. Un gémissement proche du couinement lui échappa lorsque le baiser s'approfondit ; c'était… bon, vraiment bon ! Impossible de nier, Jihwan se régalait de ce fougueux baiser !

Son corps agissait seul, Yejun semblait avoir réveillé en lui des pulsions jusque-là silencieuses. Quel plaisir, quel bonheur ! Contrôlé par des désirs dont il ignorait tout à peine quelques instants plus tôt, Jihwan entama de timides mouvements du bassin : une sensation inconnue lui brûlait le bas-ventre, le consumait de façon exquise. Une unique certitude l'habitait : bouger lui permettrait de se libérer de cette chose en lui qui grondait de plus en plus fort.

Yejun haletait, leur féroce échange lui volait son souffle. Lorsque Jihwan se mit à onduler des hanches, il s'écarta de lui dans un soupir sensuel.

« J-Jihwan-ah… merde, fais pas ça.

— Faire quoi ? gémit presque son compagnon.

— Ça, te frotter à moi. Je… j'ai jamais rien fait et… je suis sensible.

— Je comprends pas… »

Jihwan avait échoué son visage dans le cou de Yejun qui sentait à présent sa respiration chaude tout contre lui. C'était une véritable torture, sans compter que son adorable cadet n'avait pas cessé ses mouvements et que son sexe durcissait lentement. Merde, le sexe de Jihwan pouvait durcir… il fallait croire que les esprits aussi pouvaient être excités… et que celui qui se trouvait présentement sur ses cuisses l'était de plus en plus !

« Non, Jihwan, stop, tenta de l'arrêter Yejun en saisissant son bassin pour l'immobiliser.

— Hyung, non, pitié… ça fait tellement de bien… »

Il avait couiné ça de manière si lascive que Yejun sentit sa propre érection grandir. Il grogna sans se rendre compte qu'il serrait peu à peu sa prise sur le corps de son copain qui gémit.

« S'il te plaît, laisse-moi bouger ! le supplia Jihwan en lâchant sa nuque pour le pousser à retirer ses mains de lui. Tu veux pas ? T'aimes pas quand je fais ça ?

— Si, justement… j'aime trop.

— Alors laisse-moi faire.

— Tu comprends pas…

— Qu'est-ce que je comprends pas ? Hyung, je veux… je veux que tu me donnes du plaisir… »

Ces mots, il les murmura si bas que Yejun crut d'abord avoir mal entendu. Est-ce que son petit rayon de soleil venait réellement de lui demander de… oh merde… Il semblait pourtant si innocent, les pommettes rougies par l'embarras et les yeux fuyants.

Yejun relâcha son bassin.

« T'es vraiment sûr de toi ? demanda-t-il. Enfin… e-est-ce que j'ai bien compris ?

— Je suis pas stupide, tu sais, marmonna Jihwan en posant une main sur le torse de son aîné, je sais certaines choses.

— Euh… c'est-à-dire ?

— Mon meilleur ami m'a raconté et… avec son copain… ils ont fait l'amour. J'ai pas les détails, bien sûr, mais… je sais ce que ça signifie, cette sensation, et… et puis ça. »

Et sur ces mots, il glissa sa main jusque-là sur le torse de son copain de plus en plus bas, juste sous son nombril. Yejun demeura figé. Il ne cligna même pas des yeux.

« Tu… tu sais comment on fait l'amour ? susurra Yejun lorsque la petite main de son copain s'arrêta.

— Je sais pas comment on fait, admit-il en approchant de ses lèvres, mais je sais que ça commence par ce genre de baisers et que ça implique un amour inconditionnel… ce sentiment que j'éprouve pour toi.

— On devrait peut-être en parler, proposa Yejun qui s'efforçait de calmer ses propres pulsions aussi bien que celles de son copain.

— Tu voudrais pas plutôt me montrer ?

— Putain, Jihwan-ah, tu me facilites pas les choses…

— J'ai tellement envie… j'ai envie de toi.

— T'es ensorcelant.

— Ça veut dire oui ?

— Je voudrais, mais… c'est peut-être un peu tôt, non ?

— Pourquoi s'inquiéter de temps quand il est question d'amour ? » bouda Jihwan en s'écartant de lui sans pour autant quitter ses cuisses.

Yejun dut admettre qu'il marquait un point. Ils s'aimaient passionnément, pourquoi attendre ? Pour autant, il craignait que son copain ne regrette ensuite s'ils couchaient ensemble. Peut-être n'apprécierait-il finalement pas, d'autant plus qu'il s'agirait également d'une première fois pour Yejun. Il ne savait pas réellement comment réagir, et ça l'inquiétait.

Mais peut-être…

« Si tu veux, je peux soulager ton petit souci, proposa Yejun en posant une main sur la cuisse de son compagnon, mais on n'ira pas plus loin. »

La moue de Jihwan lui indiqua qu'il n'avait pas saisi. Ainsi, plutôt que de lui expliquer – il en serait atrocement gêné –, il bascula de sorte à l'allonger sur le matelas. Le jeune esprit lâcha une exclamation surprise qui fut rapidement étouffée par le baiser initié une fois de plus par son petit ami. Ce dernier se maintenait en équilibre au-dessus de lui mais avait collé son bassin au sien ; Jihwan en profita pour enrouler les jambes autour et reprendre ses mouvements qui lui apportaient tant de bien-être. Yejun poussa un profond soupir, sa bouche quitta celle de son copain pour longer sa mâchoire puis son cou.

Lentement, l'aîné découvrit de ses lèvres le corps de son amant. Il suivait le rythme souhaité par Jihwan, préférant lui faire longuement goûter aux saveurs de la luxure plutôt que de l'effrayer en voulant aller trop vite pour satisfaire ses désirs les plus sauvages. La peau de l'esprit était dénuée d'imperfections, et Yejun, devant la nudité de son compagnon, sentit son cœur bondir.

Les baisers se succédèrent, puis les mains se caressèrent mutuellement. Jihwan cessa cependant son exploration pour agripper les draps, et son bien-aimé lui fit découvrir le plaisir puis la jouissance.

Ils s'endormirent convaincus que cette nuit demeurerait pour toujours inoubliable.

~~~

Lorsque Yejun ouvrit les paupières, il se trouvait bien au chaud, dans les bras de Jihwan qui avait également passé une jambe sur les siennes, accroché à lui comme un koala à un arbre. Attendri par la moue angélique de son petit ami, le jeune homme l'enlaça à son tour et l'attira à lui. Yejun n'était vêtu que d'un t-shirt et un caleçon, Jihwan de son pantalon blanc.

L'esprit d'ailleurs se réveilla paisiblement, plongeant le visage dans le cou de son copain de qui il huma l'épiderme. Son parfum était ténu, mais Jihwan l'adorait. Un rictus se forma sur ses lèvres lorsqu'il sentit celles de son compagnon se déposer amoureusement sur son front.

Ils s'embrassèrent, s'enlacèrent et se câlinèrent jusqu'à ce que le réveil de l'aîné sonne, indiquant qu'il n'avait plus beaucoup de temps pour se préparer et aller travailler. Dépités, ils allèrent s'habiller en même temps que Yejun passait commande pour leur petit déjeuner qui leur fut livré une dizaine de minutes plus tard.

Lorsque l'heure arriva pour Yejun de s'en aller, il se tourna vers Jihwan et n'eut même pas à lui poser la question :

« Si tu veux qu'on se retrouve ce soir, fais-moi juste signe à la fenêtre. Je viendrai… à la vitesse de la lumière, promit Jihwan avec malice.

— J'y manquerai pas. Passe une bonne journée, mon petit rayon de soleil. »

Jihwan gloussa : c'était un surnom qui lui plaisait beaucoup, même s'il sonnait un peu enfantin.

Un baiser fut échangé, et tandis que Yejun s'apprêtait à partir, son copain, paré de ses plus resplendissantes couleurs, lui adressa un salut, après quoi il fila à travers la pièce, bondit par la fenêtre puis disparut. Il paraissait si débordant d'énergie et de bonheur que Yejun le trouva plus beau que jamais, plus lumineux que jamais.

Ce jour-là, quelques gouttes de pluie tombèrent pendant que Yejun était au magasin. Lorsqu'il jeta un coup d'œil par la baie vitrée, au retour du soleil, il fut ému de découvrir un magnifique arc-en-ciel, doublé d'un arc secondaire duquel il était séparé par une bande sombre.

Il sut que c'était l'œuvre de Jihwan.

Table des matières

Avant-propos 9
Le monstre sous le lit 11
Le garçon fleur 121
Le garçon arc-en-ciel 173
Table des matières...229